TAICHI YAMADA

Auf der Suche nach einer fernen Stimme

Buch

Der neunundzwanzigjährige Tsuneo Kasama arbeitet für die Ausländerbehörde in Tokio. Er hat sich für ein geregeltes Leben inklusive Beamtenlaufbahn und arrangierter Hochzeit entschieden. Doch seit der aufwühlenden Begegnung mit einem illegalen Arbeiter, den er bei einer Routinekontrolle scheinbar grundlos entkommen ließ, verfolgt ihn eine rätselhafte Frauenstimme. Erst zweifelt Tsuneo an seinem Verstand, doch schließlich lässt er sich auf Unterhaltungen mit jener geheimnisvollen Frau ein und macht eine erstaunlich Entdeckung: Im Gegensatz zu seiner Verlobten Yoshie kann er mit ihr über seine intimsten Gefühle sprechen. Doch die »Einflüsterin« mischt sich immer mehr in sein Lebens ein und vermasselt ihm sogar die Hochzeit, indem sie ihn bei der traditionellen Vorstellungszeremonie zum Lachen bringt und alle Anwesenden der Lächerlichkeit preisgibt. Ohne es recht zu wollen, lässt sich Tsuneo zurück in die Vergangenheit führen, in ein anderes Leben voller Sehnsucht und Leidenschaft, in dem er eine schreckliche Schuld auf sich geladen hat …

Autor

Taichi Yamada wurde 1934 in Tokio geboren. Er studierte japanische Literaturwissenschaft und war lange bei einer großen Filmgesellschaft tätig, bis er sich entschloss, als freier Drehbuchautor zu arbeiten. Sein filmisches Werk wurde mit zahlreichen renommierten Preisen ausgezeichnet. Für seinen Roman »Ijintachi to no natsu« (»Sommer mit Fremden«) wurde Taichi Yamada u. a. mit dem angesehenen *Yamamoto Shugoro Prize* geehrt.

Von Taichi Yamada im Goldmann Verlag außerdem lieferbar:

Sommer mit Fremden (46850)
Lange habe ich nicht vom Fliegen geträumt (47149)

Taichi Yamada

Auf der Suche nach einer fernen Stimme

Roman

Aus dem Japanischen
von Ursula Gräfe
und Kimiko Nakayama-Ziegler

GOLDMANN

Die japanische Originalausgabe erschien 1986
unter dem Titel »Toku no koe wo sagashite«
bei Shinchosha Co., Ltd., Tokio.

FSC
Mix
Produktgruppe aus vorbildlich
bewirtschafteten Wäldern und
anderen kontrollierten Herkünften

Zert.-Nr. SGS-COC-001940
www.fsc.org
© 1996 Forest Stewardship Council

Verlagsgruppe Random House FSC-DEU-0100
Das FSC-zertifizierte Papier *Holmen Book Cream* für dieses Buch
liefert Holmen Paper, Hallstavik, Schweden.

1. Auflage
Taschenbuchausgabe Dezember 2010

Umschlaggestaltung: UNO Werbeagentur, München
Umschlagmotiv: Getty Images/FinePic, München
mb · Herstellung: Str.
Satz: omnisatz GmbH, Berlin
Druck und Bindung: GGP Media GmbH, Pößneck
Made in Germany
ISBN 978-3-442-47397-7

www.goldmann-verlag.de

I

Seit damals, vor acht Jahren in Portland, Oregon, sehnte sich Tsuneo Kasama verzweifelt nach Normalität. Alles, was danach geschah, war diesem Wunsch entsprungen. Nur, dass er sich erfüllt hätte, konnte man wahrlich nicht behaupten.

Im vergangenen März hatte Tsuneo erstmals etwas erlebt, das sich von da immer mehr an in sein Leben drängen sollte.

An jenem Morgen hatte er sich um fünf Uhr dreißig aus einem Bett im Schlafsaal des 1. Reviers im Tokioter Stadtteil Otemachi erhoben. Fünf Uhr dreißig, das war reichlich früh, aber so lief es nun einmal bei Früheinsätzen, zu denen sie in der Regel vier- bis fünfmal im Monat eingeteilt wurden. Seine drei Kollegen schlüpften wortlos in ihre Hemden und Hosen. Nicht dass die Stimmung schlecht gewesen wäre, sie waren nur zu müde zum Reden.

Tsuneo knöpfte sein hellgrün gemustertes Hemd bis oben zu, er fühlte sich irgendwie ungeschützt, wenn er den obersten Knopf offen ließ. Dann stieg er in seine dunkelgrüne, an den Knien ausgebeulte Cordhose. Auch sein Pullover war grün, moosgrün. Tsuneo hatte eine Vorliebe für üppiges Grün – undurchdringliches tropisches Regenwaldgrün. Aber das war nichts, was ein neunundzwanzigjähriger Mann gerne zugab.

Das Amtsgebäude war trist und grau, also musste er selbst für Farbe sorgen, auch wenn er nicht überzeugt war, dass es viel ausmachte. Er fühlte sich in grüner Kleidung einfach etwas wohler als in grauer oder dunkelblauer.

Tsuneo zog seine ehemals weißen Turnschuhe an und dachte wie so oft, dass es an der Zeit wäre, sie zu waschen. Er mochte verwaschene Turnschuhe, dennoch trug er seine meist so lange, bis sie kaputt waren, ohne sie ein einziges Mal gewaschen zu haben. Jetzt nur noch das Pistolenhalfter umschnallen, den Lederriemen am Gürtel befestigen und darüber die schwarze Windjacke ziehen.

Gegen fünf Uhr verließ der Minibus mit den vier Männern die Tiefgarage.

Auf dem Grund der Hochhausschluchten herrschte noch Nacht, doch am bedeckten Himmel breitete sich schon das fahle, kalte Morgenlicht aus. Inspektor Ota steuerte den Wagen auf die Stadtautobahn Richtung Iriya, während die anderen drei noch schnell frühstückten.

In der hinter der dichten Wolkendecke heraufziehenden Dämmerung wurde langsam die Umgebung sichtbar.

Als sie auf die Autobahn Richtung Nikko auffuhren, flatterte am Straßenrand ein kleiner Schwarm Krähen auf – frühmorgens in Tokio ein alltäglicher Anblick. Wahrscheinlich waren sie über herumliegende Küchenabfälle hergefallen. Die Vögel konnten doch kein schlechtes Omen sein? *Wie komme ich nur darauf?* Tsuneo lächelte bitter in sich hinein, doch seine Miene blieb ausdruckslos. *Ein Routineeinsatz ist das, mehr nicht. Kein Grund, sich solche Gedanken zu machen.*

Wieder wurde ihm bewusst, wie sehr ihm diese stummen Selbstgespräche zur Gewohnheit geworden waren, wenn er auf dem Weg zu einer Razzia war.

Zuerst wurde er von einer unheilvollen Stimmung ergriffen, die er sogleich ironisch belächelte und zurückwies. Ständig dieses innere Hin und Her. Als Nächstes stellte er fest, dass selbst diese Beobachtung schon zum Ritual gehörte und sich zum hundertsten Mal wiederholte. Er war mittlerweile äußerst geübt darin, Gefühle und Ahnungen zu unterdrücken.

»Lass jetzt mal Sakuma ans Steuer«, wandte Tsuneo sich an Ota. Er bemühte sich um einen Ton, der seiner Rolle als Einsatzleiter gerecht wurde.

»Ich wär so weit.« Sakuma richtete sich in seinem Sitz auf.

»Denk aber dran, das hier ist kein Corolla«, grollte Hauptkommissar Miyazaki mit tiefer Stimme. Eigentlich wollte er Sakuma nur aufziehen, aber bei ihm klang alles irgendwie nach Vorwurf.

Im April letzten Jahres, kurz nach seiner Versetzung aus dem Revier in Narita, hatte Sakuma bei der Verfolgung eines Koreaners den Einsatzwagen in eine enge Gasse manövriert, wo sie dann festsaßen. Privat fuhr er einen Corolla.

»Haben Sie keine neueren Witze auf Lager, Chef?«, entgegnete Sakuma, unbeeindruckt vom strengen Ton seines Vorgesetzten. »Ich fahre doch längst Mercedes! S-Klasse!«

»Red keinen Stuss!« Miyazaki lachte laut.

Tsuneo wurde unbehaglich zu Mute. Wollte Miyazaki ihm mit seinem Lachen und seiner dröhnenden Stimme zu verstehen geben, wie viel geeigneter er selbst für den Posten des Einsatzleiters sei? Schließlich war er nur ein Jahr jünger als Tsuneo.

Ota fuhr an den Rand, und Sakuma übernahm das Steuer. Der Fahrerwechsel musste rechtzeitig stattfinden, damit Ota noch etwas essen konnte, bevor sie ankamen.

»Na, dann mal los!«, sagte Sakuma überflüssigerweise beim Anfahren. Selbst von diesem dreiundzwanzigjährigen Grünschnabel fühlte sich Tsuneo bedroht. Was wohl in dem schweigsamen Ota vorging? Aber er sollte sich nichts einreden, so etwas führte zu nichts Gutem. Schließlich waren alle drei tüchtige Mitarbeiter. Es kam nicht häufig vor, dass Tsuneo einen Einsatz leitete, denn er war nur Assistent. Die Leitung von Razzien oblag meist höheren Beamten, bei Großeinsätzen sogar dem Amtsleiter persönlich. Im Grunde war es Tsuneo sehr willkommen, gerade diese drei Kollegen an seiner Seite zu haben. Alle drei Männer hatten einen ausgezeichneten Ruf und galten als überaus zuverlässig. Von der Rückbank aus betrachtete er ihre Hinterköpfe. Ota nahm gerade einen Schluck Milch aus der Tüte. *Eigentlich kann ich sogar sagen, dass ich alle drei mag.* Er wusste, dass das nicht stimmte. Aber wenn er diesen Satz lautlos vor sich hersagte, würde er vielleicht anders fühlen und denken. Auch das gehörte zu seinem Selbsthypnose-Ritual: Er musste alles unterdrücken, was sich negativ auf seine Arbeit auswirken würde: die düsteren Vorahnungen und seine Schüchternheit gegenüber den Kollegen.

»Miyazaki!«

»Zu Befehl!«, antwortete Miyazaki laut, ohne sich umzudrehen.

»Du stürmst mit Sakuma die Tür. In Ordnung?«

»Wird gemacht.« Miyazaki drehte sich um.

»Ota und ich beziehen hinter dem Gebäude Stellung.«

»Hast du gehört, Ota?«, brüllte Miyazaki.

»In Ordnung!«

»›In Ordnung‹, sagt der Kerl – ›zu Befehl‹ heißt das. Mit so einer Einstellung wirst du nicht weit kommen.«

»Verstanden.«

»Sag gefälligst ›zu Befehl‹!«

»Zu Befehl!«

Dann wandte sich Miyazaki mit anzüglichem Grinsen an Tsuneo. »Und du, pass gut auf, dass dir nichts zustößt. Regierungsrat Saito hat mir dein Wohlergehen eigens ans Herz gelegt.«

»Was soll das denn heißen?« Tsuneo lächelte säuerlich.

»Nur keine falsche Scham. Saito hat uns bereits eingeweiht. Die Geheimnistuerei kannst du dir schenken.«

Regierungsrat Saito war der Chef der Abteilung. Durch seine Vermittlung hatte Tsuneo im letzten Monat die Bankangestellte Yoshie Shibata kennengelernt, mit der er sich nun traf.

»Bei deinen Plänen musst du dich doch schonen, oder?«

»Red keinen Quatsch!«

Sie verließen den Bezirk Adachi und fuhren nach Soka hinein.

Tsuneo und Sakuma hatten den Einsatzort schon am Tag zuvor sondiert. In einem sechs Tatami großen Zimmer im

Erdgeschoss eines Plattenbaus hausten sechs Männer aus Bangladesch. Der Hinweis war von einer »Nachbarin« gekommen, die während Tsuneos Nachtschicht angerufen hatte. Die Frau, die weder ihren Namen noch ihre Adresse angeben wollte, klagte, sie fühle sich »Tür an Tür mit solchen Gestalten« nicht mehr sicher. Bei der Ausländerbehörde ging man grundsätzlich allen Hinweisen nach – tags darauf hatten sie die Lage sondiert, und hier waren sie also.

Um fünf vor sechs Uhr parkten sie den unauffälligen Bus gegenüber dem Haus. Inzwischen war es hell geworden. Miyazaki stieg aus, Tsuneo folgte ihm. Die Luft war kalt. Zu beiden Seiten der zweispurigen Straße erstreckten sich leere Felder, außer einem Radfahrer war kein Mensch zu sehen.

Tsuneo überquerte die Straße. Mehrmals warf er einen raschen Blick zurück, um sich zu vergewissern, dass Ota hinter ihm war. Das Grundstück war von einer niedrigen Hecke umgeben. Durch ein Tor aus dünnen Holzlatten rannten sie zur Rückseite des Hauses. Sakuma sollte, gefolgt von Miyazaki, durch die Vordertür eindringen, Tsuneo und Ota vor dem Fenster auf der Rückseite Stellung beziehen, noch ehe Sakuma und Miyazaki die Haustür erreichten.

Hinter dem Haus befanden sich, durch eine Mauer von dem Grundstück getrennt, ein Friedhof und ein Tempel. Gelänge es den Illegalen, in den Friedhof oder die Tempelanlage zu flüchten, konnte dies ein Problem darstellen. Es galt also unbedingt zu verhindern, dass einer der Flüchtlinge über die Mauer entkam.

Kaum hatten Tsuneo und Ota den schlammigen Hof des Hauses betreten, öffnete sich ein Fenster. Ein Mann setzte seinen Fuß in den Rahmen und wollte ins Freie springen.

»Keine Bewegung!«, rief Tsuneo auf Englisch und rannte zum Fenster. »Ausländerbehörde!«

Den Fuß noch auf der Fensterbank starrte ihn der junge Mann mit großen Augen an. Er sah aus wie ein Inder.

»Ausländerbehörde Tokio«, wiederholte Tsuneo.

Endlich war zu hören, wie Miyazaki und Sakuma vorne an die Tür klopften. Woher hatte der Mann gewusst, dass eine Razzia bevorstand? – Wahrscheinlich war er in ständiger Alarmbereitschaft, und ein parkender Minibus und die eiligen Schritte von vier Personen waren in der frühmorgendlichen Stille allzu deutliche Warnsignale.

»Öffnen Sie die Tür!«, sagte Tsuneo zu dem Mann im Fenster. »Und zeigen Sie mir Ihren Ausweis.«

»Okay.« Der Mann nickte resigniert.

Es klopfte weiter an der Tür.

»Open se dohr!«, schrie Ota in stümperhaftem Englisch.

Im Halbdunkel des Zimmers erhob sich eine weitere Gestalt und ging auf die Tür zu.

»Runter mit dem Fuß«, befahl Tsuneo dem jungen Mann im Fenster. »Na los, machen Sie schon.«

»Okay.« Folgsam zog der junge Mann sein langes schlankes Bein in den Raum zurück.

Im Innern wurde die Tür geöffnet, und Miyazakis Silhouette erschien im Rahmen. »Ausländerbehörde Tokio«, sagte er auf Japanisch, dann auf Englisch. Er zog er seine Schuhe aus und betrat den Raum. »Ihre Pässe, bitte«, sagte er, während er auf die Männer hinunterblickte, die auf ihren Futons saßen.

Es waren acht, nicht sechs. Tsuneo zählte sie noch einmal durch. Die Männer lebten tatsächlich zu acht in einem nicht einmal zehn Quadratmeter großen Zimmer.

»Ota, geh du auch rein«, sagte Tsuneo. »Ich komme sofort nach.«

»In Ordnung.« Ota machte sich auf den Weg zum Vordereingang.

»Es sind acht, oder?«, rief Tsuneo durch das Fenster.

»Ja. Volltreffer«, sagte Sakuma. Es klang, als hätte er unverhofft eine Wassermelone gratis bekommen.

»Sie machen jetzt das Fenster zu und verriegeln es von innen«, befahl Tsuneo dem jungen Mann, der daraufhin widerspruchslos das Fenster schloss.

Tsuneo hörte, wie Miyazaki auf Englisch mit einem der Männer sprach: »Ihre Aufenthaltserlaubnis ist bereits seit Längerem abgelaufen.« Als der junge Mann das Fenster von innen verriegelt hatte, gab Miyazaki Tsuneo mit der rechten Hand ein Zeichen. Alles klar!

Tsuneo nickte und lief ums Haus, um die Festnahme der acht Männer zu überwachen. Dabei fiel ihm eine große blaue Plastiktonne auf, die in unmittelbarer Nähe des Fensters an der Mauer stand. Hatte sie gestern auch schon dort gestanden? War es nicht ungewöhnlich, eine Mülltonne, die für das ganze Haus gedacht war, so weit weg von der Straße im Hof zu platzieren? Konnte sie bei einem Sprung über die Mauer als Stufe dienen? Er überlegte zwanzig oder dreißig Sekunden und lief ungeachtet seiner Erkenntnis weiter. So war das immer, wenn etwas passierte. Er war gerade im Begriff, um die vordere Ecke des Hauses zu biegen, als er hörte, wie hinter ihm das Fenster geöffnet wurde. Blitzschnell drehte er sich um, der junge Mann hatte bereits seinen Fuß auf die Tonne gesetzt.

»Stopp!«, schrie Tsuneo – da war der Mann schon auf der Mauer. In der nächsten Sekunde sprang er auf die andere Seite hinunter.

Tsuneo hörte, wie Miyazaki wütend aufschrie.

»Okay, alles okay!« Tsuneo rannte zum Fenster. »Keine Panik. Ich schaff das alleine!« Er stieg auf die Tonne. »Lasst die anderen nicht aus den Augen!« Beim Überwinden der Mauer ließ er den Blick über den Friedhof gleiten, aber von dem jungen Mann war nichts mehr zu sehen. Tsuneo landete auf dem Boden. Bis zum Tempel waren es ungefähr fünfzig Meter. Der Mann war schnell gewesen. Nicht ausgeschlossen, dass er schon in der Tempelanlage verschwunden war, obwohl er dazu schneller als Superman hätte sein müssen. Schließlich hatte Tsuneo den Friedhof, nur wenige Sekunden, nachdem der Mann von der Mauer gesprungen war, mit den Augen abgesucht. Er hätte ihn zumindest einen Augenblick lang von hinten sehen müssen. Aber der Mann war wie vom Erdboden verschluckt.

»Kommen Sie raus. Ich weiß, dass Sie sich hier irgendwo verstecken«, rief er auf Englisch und sondierte die dichten Reihen der Grabsteine. Nichts rührte sich. Tsuneo fuhr mit der Hand unter seine Jacke und berührte seine Pistole. In seinen sechs Dienstjahren hatte er sie noch nie gebraucht und hatte es auch jetzt nicht vor, aber dieser junge Mann war so unglaublich schnell. Man konnte nie wissen, wozu einer fähig war, wenn er in die Enge getrieben wurde. Physisch war er Tsuneo wahrscheinlich überlegen, und die Pistole konnte eine vorbeugende Wirkung haben.

Plötzlich vernahm er ein sehr leises Atmen, und es überlief ihn kalt. Es war ganz nah. Tsuneo zückte seine Waffe. Also hatte der Mann sich nach seinem Sprung aus dem Fenster sofort versteckt. Warum? Würde man in einer solchen Situation nicht instinktiv möglichst weit fortlaufen? Dennoch hatte dieser Mann eine Gegenstrategie ergriffen und sich versteckt, während sein Verfolger ihn in größerer Distanz vermutete. Ziemlich gerissen.

Die Atemgeräusche waren verstummt, und Tsuneo bewegte sich langsam in die Richtung, aus der sie gekommen waren. Geduckt spähte er durch die Grabsteine.

Zwei Grabsteine weiter entdeckte er ein Stückchen von dem weißen Hemd des jungen Mannes.

»Ich bin bewaffnet!«, rief er auf Englisch und richtete sich auf. »Keine Bewegung, sonst schieße ich.«

Vorsichtig und mit gezückter Pistole näherte er sich dem Grabstein, hinter dem er den Mann vermutete. Er kauerte mit dem Rücken zu Tsuneo reglos auf dem Boden. Er hatte das rechte Bein ausgestreckt und hielt mit beiden Händen den Oberschenkel umklammert. Selbst von hinten erkannte Tsuneo, dass der junge Mann Schmerzen hatte.

»Sind Sie verletzt?«

Der Mann drehte seinen Kopf und sah Tsuneo über die Schulter hinweg an. Bis dahin hatte er jeden Laut unterdrückt, doch nun stöhnte er vor Schmerz.

»Herr Kasama!«, hörte er Sakuma vom Haus her rufen.

»Ja, alles klar. Ich hab ihn«, antwortete er laut.

In diesem Moment geschah es. Aus heiterem Himmel. Er wurde von einem Gefühl überwältigt, das mit der Situation rein gar nichts zu tun hatte. Tsuneo, der nicht wusste, wie ihm geschah, öffnete den Mund und schaffte es geradeso, nicht zu Boden zu gehen.

»I see!«, hörte er Sakuma gutgelaunt aus der Ferne rufen. So überwältigt war Tsuneo von dem Gefühl, dass er nicht einmal Verblüffung verspürte.

Der junge Mann sagte etwas. Er bat Tsuneo, ihn laufen zu lassen. Denn wenn man ihn jetzt ausweisen würde, wäre alles umsonst gewesen – das viele Geld für die Reise nach Japan und das ganze Jahr, das er hier gearbeitet hatte.

Tsuneo war nicht in der Lage zu antworten. »Nur die Waffe nicht fallen lassen« war sein einziger Gedanke. Der Kerl tat zwar unschuldig, so als hätte er keine Ahnung, was vorging, aber irgendetwas musste er mit ihm gemacht haben. Tsuneo versuchte, ihn ins Visier zu nehmen, aber alles verschwamm vor seinen Augen. Auf dem Friedhof herrschte Totenstille. Er war ganz allein diesem Orkan ausgeliefert.

Der junge Mann bedankte sich. Tsuneo hatte die Hand mit der Pistole sinken lassen, das hatte er missverstanden. Nun dankte er ihm. Nicht zu fassen! Sein verletztes Bein nachziehend hinkte der Mann davon. Stehen bleiben! Gesetz ist Gesetz. Ein Beamter der Ausländerbehörde kann doch einen Illegalen nicht einfach laufen lassen!

Aber der Sturm, der in Tsuneos Körper tobte, ließ nicht

nach. Er brauste wie ein Orkan, brachte sein Blut in Wallung und brach jeden Widerstand. Was war das nur? Tsuneo gab nach und fiel auf die Knie. Er empfand plötzlich unaussprechliche Lust, als läge er in den zarten weißen Armen einer nackten Frau. Und das an einem frühen Morgen im März, mitten auf einem Friedhof. Wie war es möglich, dass er bei einem Einsatz, der seine ganze Aufmerksamkeit verlangte, von solchen Gefühlen übermannt wurde? Wie konnte er in diesen völlig unerwarteten Rausch verfallen, so unwiderstehlich, heftig und süß? Und doch lag ihm nichts ferner als der Gedanke an sexuelles Verlangen. Das hier war etwas völlig anderes. Plötzlich spürte Tsuneo, dass er unmittelbar davor war zu ejakulieren. Unwillkürlich spannte er die Hüfte an, um den Drang zu unterdrücken, spürte jedoch im gleichen Augenblick, wie eine überwältigende Süße und Wärme seinen ganzen Körper durchströmte und sein Bewusstsein gewaltsam außer Kraft setzte. Tsuneo kämpfte dagegen an, und es kostete ihn äußerste Mühe, die Pistole nicht fallen zu lassen. Mehr konnte er nicht tun. Hinkend entkam der junge Ausländer. Ihm zu folgen war undenkbar. Dabei hatte er Tsuneo weder niedergeschlagen, noch war er bewaffnet. Wie sollte Tsuneo das erklären? Und wer würde ihm diese absurde Geschichte glauben? Er stützte sich mit beiden Händen am Boden ab und kam sich vor wie ein Hund.

Er vernahm ein Keuchen – sein eigenes Keuchen.

Der Boden fühlte sich eisig an. Der Sturm war vorüber. Tsuneos Hose war feucht. Was hatte der Kerl bloß mit ihm angestellt? In Ermangelung einer plausiblen Erklärung starrte er in die Richtung des Tempels, in die der junge Ausländer verschwunden war. Tsuneo fühlte sich so gedemütigt, dass er sich nicht bewegen konnte. Wenn er doch einfach nur niedergeschlagen worden wäre! Aber er war vor einem Illegalen, den er festnehmen sollte, auf die Knie gefallen und hatte sich einer Woge von Lust hingegeben.

»Herr Kasama!«, ertönte Sakumas Stimme von der Straße.

Tsuneo musste sich aufraffen. Noch nie war ihm ein Fehler wie dieser unterlaufen.

»Herr Kasama!«, rief Sakuma noch einmal.

»Ja! Hier!« Er bemühte sich, mit fester Stimme zu sprechen.

»Wo sind Sie?«

»Hier drüben!« Es war nicht zu ändern. Er erhob sich und zeigte sich seinen Untergebenen. »Der Kerl hat mir ein Bein gestellt. Leider ist er mir entwischt.« Er umfasste seinen rechten Oberschenkel, genau wie es der junge Ausländer getan hatte, und biss sich auf die Lippen.

2

Zurück auf dem Revier informierte Tsuneo Chefinspektor Honda über den Vorfall.

Auf der Rückfahrt hatte Miyazaki ständig darauf herumgeritten, dass man die Sache doch nicht unbedingt zu melden brauche.

»Was soll schon passieren, wenn wir alle den Mund halten? Wir hatten doch sowieso nur sechs im Visier, und jetzt haben wir sogar sieben.«

Aber Tsuneo wollte sich Miyazaki keinesfalls verpflichtet fühlen. Und schon gar nicht wegen so etwas.

»Da kann man nichts machen«, sagte Honda nur. »Vielleicht können wir den Flüchtigen identifizieren, wenn wir die anderen verhört haben. Hauptsache, Sie sind nicht ernsthaft verletzt.«

Die Ausländerbehörde verfügte insgesamt nur über etwa sechshundertfünfzig Beamte, die pro Jahr etwa vierzehn- bis fünfzehntausend illegale Einwanderer fassten. Nach Schätzungen lebten jedoch etwa sechzig- bis siebzigtausend Männer und Frauen illegal in Japan, und die Beamten fühlten sich oft heillos überfordert. Ob man nun einen mehr oder weniger überführte, spielte für die Gesamtsituation kaum eine Rolle. Doch für Tsuneo hatte dieser eine Mann eine besondere Bedeutung. Das lag nur zum Teil daran, dass ihm in seinem Berufsleben bisher nie ein solcher Schnitzer unterlaufen war. Es steckte weit mehr dahinter.

Tsuneo war sich sicher, dass der indisch aussehende Mann mit den großen Augen in Verbindung stand mit seinem außergewöhnlichen Erlebnis, es vielleicht sogar herbeigeführt hatte. Aber wie? Durch Zauberei? Er hatte noch nie von etwas Vergleichbarem gehört, aber vielleicht sollte er die Möglichkeit nicht ausschließen. Wenn man täglich mit Menschen aus anderen Ländern zu tun hatte, kam man schnell zu der erstaunlichen Erkenntnis, dass die meisten, ganz gleich, woher sie kamen, mehr oder weniger ähnliche Empfindungen hatten. Andererseits wurde man nicht selten von einer großen »Fremdheit« überrascht.

Mit der Zeit hatte Tsuneo gelernt, damit umzugehen, wenn zum Beispiel seine Freundlichkeit als Verachtung gedeutet wurde. Es war erstaunlich, wie unterschiedlich die Schönheitsideale in den einzelnen Ländern waren. So konnte dieselbe Frau in einem Land als Schönheit gelten, in einem anderen jedoch als hässliche Vogelscheuche. Bei längerem Nachdenken leuchtete ihm das natürlich ein. Dass er jedoch nicht einmal ansatzweise eine Ahnung von den Gedanken und Gefühlen der illegalen Einwanderer hatte, brachte ihn mitunter zur Verzweiflung.

Aber es war ja auch ganz normal, dass die Festgenommenen ihm nicht ihr Herz ausschütteten, und auch Tsuneo wollte sich nicht in übertriebene Gefühle hineinsteigern. Er war irgendwann zu der Überzeugung gelangt, dass es auf der Welt Wesen gab, die ihm unergründlich und fremd waren und bleiben würden.

Er wusste, dass die Welt, die er als Japaner intuitiv verstehen konnte, eng begrenzt war, und die meisten Dinge, die auf der Erde vorgingen, ihm immer ein Rätsel bleiben würden. Tatsächlich konnten Japaner mit den Sitten, Empfindungen, Überzeugungen und Werten anderer Nationen kaum etwas anfangen. Daher hätte ihn selbst die Existenz magischer Kräfte nicht allzu sehr verwundert.

Aber was sollte ein Beamter der Ausländerbehörde dagegen unternehmen? Und es ging noch weiter: Was, wenn diese Kräfte eingesetzt würden, um beispielsweise Verbrechen zu begehen? Auch Polizeibeamte wären diesem Gefühlsstrudel hilflos ausgeliefert. Tsuneo konnte sich kaum vorstellen, dass es Menschen gäbe, die sich einem solchen Ansturm von Empfindungen widersetzen konnten.

Am Nachmittag rief er seinen Freund Emoto an, der ebenfalls bei der Ausländerbehörde beschäftigt war. Seine Dienststelle befand sich in Yokohama. Emoto und Tsuneo hatten 1982 zusammen angefangen.

Emoto zog den falschen Schluss, als Tsuneo ihn fragte, ob sie sich am Abend in Kawasaki treffen könnten. »Das ging ja schnell«, sagte er. »Brauchst du einen Festredner für deine Hochzeit?« Er wusste von Tsuneos Verbindung zu Yoshie.

»Nein, nein, keine Hochzeit oder so was.«

»›So was‹? Rede nicht so geringschätzig daher. Du weißt gar nicht, was für ein Glück du hast. Kennst du nicht auch jemanden für mich?«

Natürlich würde Emoto ihm nicht glauben. Aber von all seinen Freunden würde er vermutlich noch am ehesten

Verständnis aufbringen. Die anderen würden es gar nicht erst versuchen. Einige seiner Kollegen waren so unglaublich bieder und engstirnig. Auch Tsuneo war ein pflichtbewusster Beamter, aber ab und zu überkamen ihn doch Zweifel, und dann wollte am liebsten alles hinschmeißen. Seine Freunde kannten diese Seite an ihm und würden sein Erlebnis seiner Unsicherheit zuschreiben. Oder es für eine besonders schlechte Ausrede halten. Vielleicht würden sie ihn sogar für verrückt erklären und sich Sorgen um ihn machen, obwohl es dafür gar keinen Grund gab.

Oder etwa doch? War es denn komplett auszuschließen, dass er einen psychischen Knacks hatte? Andererseits war der Gefühlssturm von außen gekommen. Er glaubte nicht, dass er sich in etwas hineingesteigert hatte. Aber konnte ein psychisch Gestörter das wirklich beurteilen?

»Hat er denn irgendwas gemacht?«

»Das hab ich doch schon gesagt: Er war ein Illegaler …«

»Nein, das meine ich nicht. So was wie ›Abrakadabra‹?«, fragte Emoto und wedelte mit beiden Händen über dem Kneipentisch herum wie ein Zauberer. »Du weißt schon.«

»Nein. Er hat sich bedankt und ist weggehumpelt.«

»Vielleicht ein Stau?«, fragte Emoto und deutete auf Tsuneos Unterleib.

»Möglich, immerhin bin ich Junggeselle. Aber ich war eigentlich gar nicht in Stimmung.«

»Was hast du dann gemacht?«

»Wie – dann?«

»Bist du mit der nassen Hose in den Bus gestiegen?«

»Ich hab ein bisschen Erde über Stelle geschmiert. Dann bin ich im Tempel auf die Toilette gegangen und habe die Unterhose weggeworfen.«

»Hoffentlich nicht ins Klo?«

»Natürlich nicht. Ich habe sie in einen von diesen Kästen gestopft, in die die Leute den verwelkten Grabschmuck werfen.«

»Bestimmt hatte es was mit dem Friedhof zu tun. Vielleicht liegt dort eine namenlose Nymphomanin begraben.«

»Hm.«

»Das sollte ein Witz sein.«

»Du hast ja Recht. Jede Erklärung klingt wie ein Witz.«

»Denk doch einfach nicht mehr daran.«

»Das kann ich nicht.«

»Niemand gibt dir die Schuld an irgendetwas, oder?«

»Nein, aber trotzdem kann ich nicht einfach so tun, als wäre nichts gewesen.«

»Warum nicht?«

»Du glaubst mir doch auch nicht, oder?«

»Du warst einfach erschöpft. In einem solchen Zustand ist man manchmal sehr erregt.«

»Im Morgengrauen auf einem Friedhof?«

»Nicht auszuschließen.«

»Doch. Ich war nämlich sehr konzentriert. Wie sollte ich mich da in diese Art von Erregung hineinsteigern?«

»Komm, trink noch einen, und denk nicht mehr so viel darüber nach.«

Es stimmte, er war angespannt gewesen, aber nicht extrem. Als er gesehen hatte, dass der junge Mann verletzt war, wusste er, dass er sich nicht weiter wehren würde. Er hätte ihn nur noch festnehmen müssen. Also hätte seine Anspannung eher nachlassen müssen, schließlich hätte er den Mann ohne Schwierigkeiten abführen können. Hatte ihn womöglich seine Überlegenheit so erregt? Das war nicht ganz von der Hand zu weisen. Er kannte solche Gefühle von Festnahmen bei anderen Razzien. Aber an jenem Morgen hatte er überhaupt keine Zeit für derartige Empfindungen gehabt. Zudem war die Lust, die ihn plötzlich überkommen hatte, von ganz anderer Art gewesen. Sie hatte sich angefühlt wie das Verlangen nach einer Frau. Auch wenn bei der ganzen Sache nicht eine einzige Frau im Spiel gewesen war. Höchstens Emotos Nymphomanin in ihrem Grab. Vielleicht war der Gedanke doch nicht so abwegig. Sicher lagen eine Menge Frauen in den Gräbern. Die ganze Sache war so absurd, dass ihm jede Erklärung denkbar schien.

»Warten wir es ab. Wenn du wieder einen solchen Anfall bekommst, reden wir noch mal darüber. In Ordnung?«

»Hm.«

»Du wirst doch bald heiraten. Wieso also deine kostbare Manneskraft auf einem Friedhof vergeuden? Überlass den nächsten Anfall von akuter Geilheit lieber mir.«

»Hm.«

Danach sprachen sie nur noch über ihre Arbeit. Über den Personalmangel und die endlosen Überstunden, die in allen Abteilungen geleistet wurden.

Anfall von Geilheit! Emoto hatte leicht reden. Auch ihm wäre das Lachen vergangen, wenn es ihn selbst getroffen hätte.

Am Bahnhof Kawasaki verabschiedete sich Tsuneo von Emoto, der in Kashimada an der Nambu-Linie wohnte. Auf dem Weg zu sich nach Hause – einem Wohnheim für unverheiratete Beamte in der Nähe vom Bahnhof K. an der Sobu-Linie – wurde Tsuneo bewusst, dass er nicht abgeneigt war, diese enorme Lust noch einmal zu empfinden. Natürlich lieber nicht im Dienst, sondern nachts, wenn er allein war und sich ungehindert der Ekstase hingeben konnte.

Ach, käme er doch auch zu ihm, Rimbauds »Rausch der glühenden Nächte« …

Als Tsuneo, er war etwas angeheitert, an das süße Gefühl vom Morgen zurückdachte, öffnete sich plötzlich eine verschlossene Tür, und die Erinnerung an Portland brandete in Wogen über ihn hinweg. Mit aller Kraft stemmte er die Tür wieder zu und verriegelte sie. Ein Beamter sollte auch in seinem Privatleben Haltung bewahren.

Er durfte nicht vergessen, Regierungsrat Saito zu fragen, ob er mit einer Hochzeit an einem günstigen Tag im April einverstanden wäre. Außerdem musste Tsuneo sich entscheiden, wann er seinen künftigen Schwiegereltern, den Shibatas, das traditionelle Verlobungsgeschenk überbringen sollte.

3

Nach dem Omiai – dem ersten förmlichen Treffen, bei dem die Heiratswilligen einander vorgestellt werden – war Tsuneo viermal mit Yoshie ausgegangen. Danach hatte er beschlossen, sie zu heiraten, und zwei Tage später hatte sie seinen Antrag angenommen. Yoshie war fünfundzwanzig Jahre alt, vier Jahre jünger als Tsuneo. Sie war eins dreiundsechzig groß, zwölf Zentimeter kleiner als er. Da sie jedoch gern hohe Absätze trug, waren sie fast gleich groß, wenn sie neben ihm ging. Sie war rundlich, hatte helle Haut und dichte schwarze Augenbrauen. Wenn sie lachte, sah man ihr Zahnfleisch. Das schien sie zu verunsichern, denn ihre linke Hand huschte ständig vor ihrem Mund hin und her. Yoshie war nicht besonders hübsch, aber auch keineswegs hässlich.

Seit Tsuneo bei der Ausländerbehörde arbeitete, hatte sich kaum jemand angeboten, ihm eine Ehefrau zu vermitteln. Und da er ständig Überstunden machte, lernte er auch auf anderen Wegen keine Frauen kennen. Einmal hatte er eine Freundin gehabt, die jedoch mit ihm Schluss machte, als sie erfuhr, dass er bei der Ausländerbehörde arbeitete. Ob es Polizisten oder Finanzbeamten ähnlich erging?

Was gefällt den Weibern nicht am Staatsdienst?, fragten sich die Kollegen öfter, wenn sie ihren Frust mit ein paar Gläsern hinunterspülten. Sicher, die Arbeit war nicht leicht, und Feierabend um fünf gab es nicht. Meist hatte man bis zwanzig oder einundzwanzig Uhr im Büro zu tun, dazu kamen Nachtschichten und Einsätze im Morgengrauen. Aber war es in anderen Berufen nicht ähnlich?

»Er ist ein ganz normaler netter Bursche«, hatte Regierungsrat Saito ihn bei dem Treffen mit den Shibatas vorgestellt. Dann hatte er einige Fragen an Tsuneo gerichtet.

»Was sind denn Ihre Hobbys?«

»Eigentlich habe ich keine.«

»Na, hören Sie mal, Sie gehen doch sicher ab und zu ins Kino, oder?«

»Drei- bis viermal, vielleicht.«

»Na also.«

»Im Jahr.«

»Was, öfter nicht?«

»Nein.«

»Jetzt bringen Sie Ihren guten alten Heiratsvermittler aber in Verlegenheit.«

»Sie hören doch gerne Musik, nicht wahr?«, setzte Yoshie an.

»So steht es in dem Lebenslauf, den Sie uns gegeben haben«, fügte ihre Mutter in aufgesetzt freundlichem Ton hinzu und nickte.

»Ja, genau, Musik«, sprang Saito ihr eifrig bei. »Was hören Sie denn besonders gerne?«

»Äh, ja, also Schlager von Aki Yashiro zum Beispiel.«

»Aber das kann man doch nicht als ernsthaftes musikalisches Interesse bezeichnen.«

Tsuneo kratzte sich leicht am Kopf und fiel dann in das Gekicher der anderen ein. In Wahrheit besaß er weder Schallplatten noch CDs von der Sängerin Aki Yashiro, sondern nur ein paar Klavierstücke von Mozart und Symphonien von Beethoven, die er jedoch nicht oft hörte. Zu dem Stichwort »Hobbys« war ihm nichts eingefallen, und so hatte er eben »Platten hören« hingeschrieben. Früher hatte er Jazz und Popmusik gehört, aber das erinnerte ihn zu sehr an Portland.

Außerdem war es völlig egal, welche Musik ihm gefiel. Viel wichtiger war es, welchen Typ er darstellte. Sie würden ihn wahrscheinlich für einen Angeber halten, wenn er behauptete, Mozart zu mögen. In der neueren Rockmusik kannte er sich überhaupt nicht aus. Er hatte keine Ahnung, wie Yoshie reagieren würde, wenn er sagte, dass er für Schlagersängerinnen wie Aki Yashiro schwärmte, aber er hoffte, dass ihn diese Aussage unkompliziert und gutmütig erscheinen ließ.

»Ich mag auch Schlager, besonders die von Shin'ichi Mori«, bekannte Yoshie leise und rückte etwas näher an ihre Mutter heran.

»Dann passen Sie ja gut zusammen.« Der Regierungsrat lachte dröhnend.

Bei ihrem zweiten Rendezvous erzählte Yoshie ihm, wie die Angestellten in ihrer Sparkasse hinter dem Rücken der Kunden über diese lästerten.

»Am Schalter markieren wir alle die lieben, braven Mädchen. Manche Kunden sagen sogar, sie wünschten sich solche Schwiegertöchter oder Ehefrauen. In der Pause geht es dann ganz anders zur Sache, da wird nur von alten Knackern und dummen Schrullen geredet. Bei uns arbeitet eine vierzigjährige Hausfrau halbtags am Empfang. Die muss sich von fünf- oder sechsundzwanzigjährigen Mädchen rumkommandieren lassen. Die männlichen Angestellten sind darauf geeicht, die Kunden nach ihrem Bankguthaben zu behandeln. Sie machen sich überhaupt nichts draus, jemanden, der sein Konto kündigen will, eine halbe Stunde warten zu lassen, und kaum zieht irgendein junger Schnösel ein Guthaben von hundert Millionen Yen an Land, buckelt sogar der Filialleiter vor ihm.«

Tsuneo hatte den Eindruck, dass Yoshie sich angesichts dieser verstörenden Umstände nach einem »normalen« Familienleben sehnte.

Nach drei oder vier Verabredungen spürte Tsuneo, dass es Zeit für eine Entscheidung war.

Er war verwundert, als ihm plötzlich aufging, wie viele Menschen in nur ein oder zwei Monaten beschlossen, mit wem sie den Rest ihres Lebens verbringen würden. Im Grunde war der Mensch kein vernunftbegabtes Wesen.

Nach einem Kinobesuch in Yuraku-cho unternahmen Yoshie und er einen Spaziergang im Hibiya-Park. Die Sonne war gerade untergegangen, und es wurde empfindlich kalt. Nur wenige Menschen waren unterwegs.

Vielleicht war es spießig, dass er so dachte, aber Yoshie wirkte wie eine Frau, mit der man eine Familie gründen und sich ein gemütliches Heim schaffen konnte.

»Es wäre sicher unangenehm für Sie, wenn ich die Entscheidung allzu lange hinauszögern würde«, setzte Tsuneo an. »Deshalb möchte ich die Sache etwas vorantreiben. Also, ich würde Sie gern heiraten.«

»Ich bin einverstanden, aber ich muss noch mit meinen Eltern sprechen …«, erwiderte Yoshie.

»Natürlich. Sprechen Sie mit Ihren Eltern. Wir haben keine Eile. Ich kann warten, aber ich hoffe natürlich auf einen positiven Bescheid.«

Schweigend gingen sie nebeneinander her. Yoshie lehnte sich ein wenig an ihn, und er legte den Arm um ihre Schulter. Als er sie auf einem schmalen, einsamen Pfad in der Nähe des Sakurada-Tors küssen wollte, wich sie plötzlich kichernd zurück. Tsuneo erschrak ein wenig, weil das Kichern so kokett klang.

»Tut mir leid«, flötete Yoshie in einem Ton, in dem sie vermutlich zu den Kunden in der Bank sprach.

»Sie sind doch Nichtraucher, Herr Kasama, nicht wahr? Ich rauche, und vielleicht stört Sie mein Mundgeruch?«

»Aber nein. Früher habe ich selbst geraucht.«

»Und Sie haben es geschafft aufzuhören? Großartig!«

Dann küssten sie sich. Sie schmeckte nach Zigarette. Bis dahin war ihm gar nicht aufgefallen, dass sie rauchte. Es gab wohl viele Dinge, die er von ihr nicht wusste. Sie steckte ihm beim Küssen die Zunge in den Mund.

Ihm fielen die Geschichten wieder ein, die sie ihm von ihrer Arbeit erzählt hatte. Vielleicht redete Yoshie ja auch in ordinärem Ton von den Bankkunden und kommandierte die Teilzeitkraft herum, während sie im Pausenraum saß und paffte. Doch selbst wenn es so war, er konnte sich nicht vorstellen, dass sie besonders niederträchtig war.

Niemand auf der Welt war einfach nur harmlos und »normal«. Alle waren Menschen aus Fleisch und Blut, die in dieser modernen Zeit lebten. Was war schon dabei, wenn Yoshie rauchte, vor ihm andere Männer gekannt hatte und auch unangenehme Seiten hatte? So war es nun mal. War er selbst denn anders? Im Grunde war es egal, wen man heiratete, am Ende lief alles so oder so aufs Gleiche hinaus.

»Ich muss noch deinen Vater kennenlernen.«

»Ja, stimmt.«

Als sie weitergingen, gaben Yoshies Knie plötzlich nach, und sie schwankte. Tsuneo stützte sie.

»Das ist mir aber peinlich«, sagte sie und drückte ihre Stirn an Tsuneos Schulter.

Anscheinend war sie doch sensibel. Vielleicht waren das kokette Kichern und der etwas überstürzte Zungenkuss in Wirklichkeit nur Zeichen ihrer Unbedarftheit gewesen. Wäre sie durchtrieben, hätte sie ihm die »höhere Tochter« sicher geschickter vorgespielt. Wahrscheinlich war sie ein ganz liebes Mädchen. Angestachelt von seinem Verlangen, legte er den Arm fester um sie.

Aber er machte keinen weiteren Vorstoß und verkniff sich den Vorschlag, in ein Hotel zu gehen, obwohl sie vermutlich sogar eingewilligt hätte. Das erkannte er an der Art, wie sie sich an ihn schmiegte. Er wollte nicht.

In den sieben Jahren seit Portland war seine Sehnsucht nach »Normalität« nicht kleiner geworden. Er hatte sich vorgenommen, bis zu seiner Hochzeit »rein« zu bleiben. Diese Entscheidung war natürlich etwas eigenmächtig, und Yoshie würde sie vielleicht altmodisch finden.

Sie wohnte in Yoga an der Shin-Tamagawa-Linie, und er begleitete sie bis zur U-Bahn-Station Ginza-4-chome. Als sie die Fahrkartensperre durchschritt und sich nach ihm umwandte, glaubte er, in ihrem Gesicht einen Anflug von Enttäuschung zu lesen. Oder zumindest erschien es ihm im Nachhinein so.

Konnte es sein, dass Yoshie mit seinem Anfall am Morgen zu tun hatte? War es ihr heimliches Verlangen gewesen, das ihn auf dem Friedhof wie ein Wirbelsturm mitgerissen hatte?

Bis lange nach Mitternacht konnte er nicht einschlafen. Er ließ das Licht an und starrte an die Decke seines sechs Tatami großen Zimmers im Junggesellenwohnheim.

Yoshies Mutter hatte Regierungsrat Saito in Kenntnis gesetzt, dass seine Vermittlung erfolgreich gewesen sei und die Heirat stattfinden würde. Fünf Tage später, am Sonntagabend, stattete Tsuneo Yoshies Eltern einen Anstandsbesuch ab. Sein Vater, so berichtete er ihnen, habe leider nicht sofort nach Tokio kommen können. Er hatte nach dem Tod von Tsuneos Mutter wieder geheiratet und lebte jetzt in Tsu in der Präfektur Mie. Tsuneo aß mit Yoshies Familie zu Abend. Sie hatte noch eine jüngere Schwester und einen jüngeren Bruder. Kurz nach neun verabschiedete Tsuneo sich, und Yoshie begleitete ihn zum Bahnhof. Es wäre unpassend gewesen, sich dort vor aller Augen zu küssen, also gaben sie sich zum Abschied die Hand. Tsuneo hätte sich gern bald wieder verabredet, aber er hatte viel zu tun.

Es schien ihm wenig wahrscheinlich, dass Yoshie sich

innerlich nach ihm verzehrte. Immerhin hatten sie sich bei einem Omiai, einem arrangierten Treffen, kennengelernt.

Dann lag es also doch an ihm selbst? Er hatte in der Vergangenheit vieles verdrängt. War der Druck zu stark geworden und der Vorfall eine Art Hilfeschrei seines Unterbewusstseins?

Aber so sehr er auch grübelte, er glaubte nicht, dass der Schrei von innen gekommen war. Vielmehr hatte es sich angefühlt, als würde er von außen, von einem anderen Wesen, angegriffen.

Tsuneos Wohnheim lag an der zweiten Kreuzung einer schmalen Einbahnstraße, die parallel zur Autobahn verlief. Bis tief in die Nacht lauschte er den vorbeidonnernden Lastwagen.

Es war schon nach zwei Uhr, als ihn plötzlich ein kalter Schauer überlief. Sein Körper reagierte schneller als sein Bewusstsein.

Irgendetwas war da im Kommen … aber was? Und woher? Angst ergriff ihn, fast panisch blickte er sich im Zimmer um. Nichts. Er wollte sich aufsetzen, konnte sich aber auf einmal nicht mehr bewegen. Ein Traum. Das musste ein Traum sein. Aber es war keiner. Seine Augen waren weit geöffnet. Dann spürte er, wie aus der nächtlichen Tiefe etwas Kaltes auf ihn zugeschossen kam wie ein eisiger Pfeil. Näher und näher kam es, doch was es war, wusste er nicht. Die Gewissheit, dass etwas Unausweichliches auf ihn eindrang, überwältigte ihn, und er verlor die Fassung. Die Kälte, die ihn zunächst wie ein Pfeil getroffen hatte, weitete sich aus, steigerte sich und türmte sich über ihm auf wie eine riesige Woge, die ihn zu zerschmettern drohte. Die Welle brach, schlug über ihm zusammen. Was war das? Ehe Tsuneo auch nur an Flucht denken konnte, verschlang ihn die Welle, und er wurde ihr Spielball. Nicht einmal schreien konnte er. Wild ums sich schlagend versuchte er, sich irgendwo festzuklammern.

Und bei all dem war ihm bewusst, dass sein Körper ruhig auf dem Bett lag. Dass nichts und niemand in sein kleines Zimmer eingedrungen war. Dass sich nicht einmal ein Staubkorn rührte. Einsam leuchtete die Lampe von der Decke, und nichts geschah.

Dennoch war etwas Unheimliches im Gange, das wusste er genau. Er war hellwach und dachte noch mitten in dem Gebraus, dass er es schon überstehen würde. Er kämpfte gegen den Sog an. Er riss Augen und Mund weit auf und versuchte, bei Bewusstsein zu bleiben.

Plötzlich war die Welle vorüber.

Ebenso rasch, wie sie gekommen war, hatte sie sich zurückgezogen. Er hatte sich alles nur eingebildet. In Wirklichkeit war nicht das Geringste passiert.

Es ging ihm gut. Er hatte es geschafft. Während er an die Decke starrte, sah er, wie die Welle in die Dunkelheit zurückwich, als würde sich eine riesige weiße Stoffbahn zu einem Ballen aufwickeln.

Bedauern regte sich in ihm. Er wehrte sich gegen dieses Gefühl und hätte, um wieder klar im Kopf zu werden, beinahe laut aufgeschrien.

Doch es war nicht die Welle, der Tsuneo nachtrauerte. Er wusste nur, dass eine leichte Trauer sein Herz erfüllte.

Dann spürte er, wie sich vom Grund dieser Traurigkeit schreiend und sich windend ein heftiges Gefühl von Verlust und Unwiederbringlichkeit Bahn brach, das wie ein Schnitt durch ihn hindurchging. Unversehens füllten sich seine Augen mit Tränen, und er brach in hemmungsloses Schluchzen aus.

Doch diese tiefe und inbrünstige Traurigkeit war nicht seine, sie gehörte nicht ihm. In der Vergangenheit hatte es vielleicht Momente gegeben, in der sie angebracht gewesen wäre, aber damals hatte er sie nicht zugelassen.

Laut weinte Tsuneo.

Dann verließ ihn die Traurigkeit, als würde sie ihn im Stich lassen. *Halt!*, schrie es in ihm. *Was geht hier vor? Bist du das, der Kerl von heute Morgen? Was willst du? Warte! Das lasse ich mir nicht gefallen. Ich lasse nicht zu, dass man mit Zauberei in mich eindringt und mich zu einem Werkzeug macht!*

Er wusste, dass er an die Decke starrte, doch zugleich sah er auch einen dunklen, hohen Himmel. Die tiefe Traurigkeit flog mit flatternden Gewändern in diesen Himmel hinauf. Sie wurde immer kleiner, bis sie schließlich ganz in der Finsternis verschwunden war.

Als er ihr nachstarrte, durchzuckte lautlos ein Blitz die fernen Wolken, schwach wie ein Seufzer.

Wer bist du?, ertönte eine Stimme aus dieser Richtung. Ein paar abgerissene Laute aus weiter Ferne. Sie schienen an Tsuneo gerichtet. Es war eine sehr leise Stimme, fast ein Flüstern. Was für ein Unsinn! Wie konnte man aus solcher Entfernung ein Flüstern hören?

Obwohl *hören* vielleicht nicht ganz das richtige Wort war. Eher *spürte* er das Flüstern.

Wer bist du?

Er versuchte, sich an die Stimme zu erinnern, aber sie entzog sich jeder Beschreibung. Sie hätte vieles sein können: eine Kinderstimme, eine Mädchen- oder auch eine Frauenstimme.

Wer bist du?

Es war nur der Sinn der Worte, der in ihm haften blieb.

Was war los? Wer bist du? *Du fragst, wer* ich *bin? Das ist ja wohl ein Scherz, eigentlich sollte ich doch diese Frage stellen. Du drängst dich mir ungebeten auf und fragst auch noch, wer* ich *bin? Das ist ein starkes Stück.*

Dennoch verspürte er keine Abneigung gegen die Stimme. Die Traurigkeit, die ihn zuvor ergriffen hatte, war so tief gewesen, dass es ihm grausam erschienen wäre, der Besitzerin der Stimme feindselig zu begegnen.

Doch halt! Was war mit dem Sturm der Empfindungen, der am Morgen auf dem Friedhof über ihn hinweggebraust war? Konnte der mit dieser Stimme zusammenhängen? Wenn ja, dann war diese Person ein wahrer Teufel. *Wer bist du?* O nein, so naiv, dass er einem Teufel Rede und Antwort stand, war er nicht!

Teufel? Was spann er sich da eigentlich zusammen? Bloß die Ruhe bewahren. Er durfte sich da nicht hineinsteigern. Das Erlebnis auf dem Friedhof und seine Gefühle in dieser Nacht hatten nichts mit der Wirklichkeit zu tun. Es waren Hirngespinste, die er nicht ernst nehmen durfte. Vielleicht sollte er doch einmal einen Psychiater aufsuchen.

Irgendetwas war nicht in Ordnung mit ihm. Er musste es sich eingestehen. Er tat immer so stark, aber vielleicht hatte er doch eine Depression. Obwohl er sich gar nicht so fühlte. Er kam sich auch nicht krank vor. Aber vielleicht war das so bei seelischen Störungen. Noch immer hatte er den Eindruck, dass die Lust am Morgen und die nächtliche Welle sich seiner von außen bemächtigt hatten.

4

Es ist schon recht ungewöhnlich, was Ihnen da an jenem Morgen zugestoßen ist«, wunderte sich der etwa vierzigjährige Psychiater, doch seiner Miene war nichts anzusehen.

»Ja.«

»Das, was sie in der Nacht erlebt haben, ist dagegen recht verbreitet. Traurigkeit ohne konkreten Grund kommt bei depressiven Personen relativ häufig vor. Es gibt gute Medikamente dagegen.«

»Aha.«

»Was hat denn Ihrer Ansicht nach diese Halluzinationen ausgelöst?«

»Vielleicht bin ich überarbeitet.«

»Was halten Sie davon: Der junge Mann aus Bangladesch ist Ihnen entwischt. Sie können sich Ihren Fehler nicht eingestehen und haben diese Geschichte einfach erfunden.«

»Aber nein! So war es nicht!«

»Tut mir leid. Es gehört zur Therapietechnik, den Patienten zu provozieren. Und manche bringt man so zum Reden.«

»Ich bin ja bereit zu reden.«

»Nach der Oberschule sind Sie zweimal durch die Aufnahmeprüfung für die Universität gefallen.«

»Das stimmt.«

»Im Winter des zweiten Jahres nach der Schule sind Sie dann nach Amerika gegangen.«

»Richtig.«

»Sie haben zwei Jahre an der Westküste verbracht und nach ihrer Rückkehr die Beamtenlaufbahn eingeschlagen.«

»Ja.«

»Ich habe den Eindruck, dass Sie mir nicht alles über Ihre Zeit in Amerika erzählt haben.«

»So? Das liegt doch schon so lange zurück, ich hielt es für unwichtig.«

Tsuneo senkte den Blick. Er überlegte kurz, ob er dem Arzt von Portland erzählen sollte. Dieser warf einen Blick auf die Wanduhr.

»Ich verschreibe Ihnen ein leichtes Antidepressivum. Das sollte vorläufig genügen. Wenn Sie möchten, kann ich Sie auch an einen Therapeuten überweisen. Falls nötig, überlegen wir uns eine passende Therapie, und Sie können einmal wöchentlich zu ihm gehen. Was meinen Sie, sollen wir so verfahren?«

Der Arzt behandelte ihn sehr zuvorkommend und freundlich. Dabei hatte er ihn einfach so, ohne besondere Empfehlung, aufgesucht, und das Wartezimmer war sehr voll. Tsuneo bedankte sich, nahm die Medikamente entgegen und kehrte zur Arbeit zurück. Seine verlängerte Abwesenheit begründete er damit, dass die Untersuchungen in einer Fabrik in Nerima unerwartet viel Zeit in Anspruch genommen hätten. Er wollte seinen Besuch beim Psychiater auf keinen Fall an die große Glocke hängen.

Er blieb bis zum Abend im Büro, um nachzuarbeiten. Nach acht rief Yoshie an. Zum ersten Mal meldete sie mit ihrem Vornamen.

»Ich habe von Herrn Saito erfahren, dass wir am 29. die Verlobung feiern. Warum ausgerechnet an einem Feiertag?«, sagte sie.

»Es ist der einzige Tag, an dem er Zeit hat.«

»Ach so, ich verstehe. Arbeitest du noch?« Sie klang ein wenig vorwurfsvoll.

»Leider. Wir haben immer so viel zu tun.«

»Dann kann ich mich ja wohl schon darauf gefasst machen, dass du immer spät nach Hause kommst, wenn wir verheiratet sind.«

»Daran wird wohl kaum etwas zu ändern sein.«

»Macht ja nichts. Ich werde ja auch weiter arbeiten, und vielleicht komme ich manchmal auch spät nach Hause.«

»Pass auf, ich rufe dich gleich zurück, ja?«

»Wieso denn?«

»Ich kann gerade nicht sprechen …«

»Ach, die lieben Kollegen machen sich wohl lustig?«

»Erraten.«

Yoshie lachte amüsiert. »Also dann bis später.« Sie kicherte wieder.

»Gut.«

»Sei doch nicht so kurz angebunden.«

»Tut mir leid.«

»Ich dachte, wir könnten uns vielleicht am Wochenende sehen?«

»In Ordnung.«

»Du bist ja richtig schüchtern.«

»Eigentlich nicht.«

Nach diesem Telefonat empfand Tsuneo zu seiner Überraschung eine gewisse Freude. Zum ersten Mal hatte Yoshie sich von ihrer mädchenhaften Seite gezeigt.

Bisher hatten sie sich bei jedem Treffen gegenseitig taxiert. Nie waren sie entspannt gewesen. Selbst als die Hochzeit schon beschlossene Sache war und sie zusammen zum Bahnhof gingen, waren sie beide befangen. Doch nun hatte er gespürt, dass sie glücklich war, dass sie wie ein Mädchen empfand, das mit seinem Verlobten sprach. Tsuneo selbst hatte noch gar nicht richtig begriffen, dass er wirklich heiraten würde. Aber Yoshie hatte sich offenbar rasch an den Gedanken gewöhnt und sich darauf eingestellt. Das war wohl der Lauf der Dinge.

Tsuneo spürte, wie sich ein Lächeln auf seine Lippen drängte. Rasch zog er die Augenbrauen zusammen und räusperte sich leise.

Wie seltsam. Yoshie war entschlossen, den Rest ihres Lebens mit einem Mann zu teilen, den sie gerade einen Monat kannte. Dennoch war er froh darüber, eine Frau wie sie gefunden zu haben. Aus irgendeinem Grund hatte er sich für dieses Leben entschieden. Warum sollte er seine Wahl in Frage stellen? Die Halluzinationen würden nicht wiederkommen. Er brauchte keine Antidepressiva. Er hatte von Anfang an gewusst, dass er nicht verrückt war, und deshalb war es auch ein Fehler gewesen, einen Psychiater aufzusuchen. Zwar wusste er immer noch nicht, was die Halluzinationen ausgelöst hatte, aber an seiner Psyche lag es bestimmt nicht. Vielleicht hatte ihn dieser junge Mann, den er so sehr in die Enge getrieben hatte, tatsächlich verhext, um freizukommen. Das erklärte allerdings nicht, warum er Tsuneo nachts mit Sinnestäuschungen heimsuchte. Schließlich war er glücklich entkommen. Wollte er sich an ihm rächen? Würde sich jemand in seiner Lage überhaupt mit so etwas abgeben?

Wer bist du?

Es reichte. Er musste die ganze Sache vergessen.

Wer bist du?

Vergiss es!, ermahnte Tsuneo sich. Ignoriere es!

Sag doch, wer bist du?

Tsuneo erschauerte. Die Hand, mit der er seinen Bericht schrieb, geriet ins Stocken. Außer ihm saßen noch vier oder fünf Personen in dem Büro, unter ihnen eine Beamtin, aber er war ganz sicher, dass sie es nicht war. Denn wieder hatte er die Worte nicht gehört, sondern vielmehr erspürt.

Wer bist du?

Aufhören, bitte. Warum sprichst du mit mir? Wer bist du überhaupt? Ich werde bald heiraten. Ich habe keine Zeit, mich mit Stimmen zu beschäftigen. Geh weg.

Tsuneo wagte es nicht, laut zu sprechen. Unauffällig schüttelte er den Kopf und versuchte, sich auf den Bericht zu konzentrieren. Die Stimme verstummte.

5

Zwei Tage darauf erhielt er einen Anruf von Emoto aus Yokohama.

»Ist noch mal was vorgefallen?«, erkundigte sich sein Freund.

»Nichts Besonderes.«

»Und was heißt das genau?«

Tsuneo wollte nicht darüber sprechen. Schon gar nicht bei der Arbeit.

»Es war nichts.«

»Dann lag es wohl doch an diesem Mann. Vielleicht hat er dich irgendwie verhext. Bei Fremden weiß man ja nie. In Indien soll es sogar Leute geben, die über dem Boden schweben können. Wenn man solche Leute ins Land lässt, muss man so was eben in Kauf nehmen, schließlich leben sie völlig anders als wir. Die Frage ist, ob wir wirklich dazu bereit sind.«

»Wovon redest du?«

»Ach, du weißt schon, es geht mir um diese Leute, die uns ständig wegen der Abschiebehaft beschimpfen, als wären wir die reinsten Teufel. Als wäre es das Grausamste auf der Welt, jemanden auszuweisen.«

»Davon solltest du dich nicht verunsichern lassen.«

»Natürlich nicht.«

Tsuneo dachte oft darüber nach, was für eine Erleichterung es wäre, wenn die Abschiebehäftlinge sich wehren würden, wenn sie hinterhältig wären oder wenigstens stark. Leider waren es meist arme Schlucker, die hart arbeiteten, die auch in Japan nur ein armseliges Dasein fristeten und bei ihrer Festnahme nicht den leisesten Widerstand leisteten. Wie sollte man da kein Mitleid mit ihnen haben? Dennoch unterdrückte er solche Gefühle. Wenn Japan alle Einreisebeschränkungen aufheben würde, wäre die Katastrophe vorprogrammiert. Und dann würde es diesen sogenannten Menschenfreunden angesichts der Folgen zuallererst die Sprache verschlagen. So viel stand fest. Tsuneo ging seiner Arbeit gewiss nicht ohne Überzeugung nach, aber dass er sie liebte, konnte er nicht behaupten. Er hatte vor sechs Jahren angefangen, just zu einem Zeitpunkt, an dem er nicht das geringste Interesse besaß, sich mit Ausländern abzugeben. Von allen Beamtenlaufbahnen, die den Abiturienten offen standen, bot das Ausländeramt die einzige, bei der Englischkenntnisse verlangt wurden. Er hatte diesen Weg nur eingeschlagen, weil ihm nichts anderes übrig geblieben war. Es war, als hätte ihm jemand den Befehl dazu erteilt. Er wollte sich bestrafen.

»Was ist mit dem Kerl, der abgehauen ist?«, fragte Emoto.

»Seine Kumpels halten alle den Mund. Nicht mal seinen Namen haben wir rausgekriegt.«

»Wenn ihr ihn festnehmt, möchte ich ihn kennenlernen.«

»Wieso das denn?«

»Ich würde gern sein Schüler werden.« Emoto lachte und legte auf.

Wenn jetzt nichts mehr vorfiel, wenn das Leben weiterging wie immer, würde Tsuneo die Sache einfach vergessen können. Er musste zu keinem Schluss kommen. Es war egal, ob nun die Hexenkünste des jungen Mannes, ein Geist in einem namenlosen Grab oder sein eigener psychischer Knacks dazu geführt hatten. Natürlich hätte er gern Gewissheit gehabt, andererseits jedoch würde es ihm nicht guttun, sich weiter damit zu beschäftigen. *Wer bist du?* Wenn man den Fehler beging und auf eine solche Frage antwortete, konnte man nur zu leicht in diese andere Welt abdriften.

Andere Welt? Was für eine andere Welt?

An diesem Abend hatten er und zwei Kollegen einen Einsatz in Okubo, im Bezirk Shinjuku. Der Einsatzleiter hatte am Tag zuvor die Lage ausgekundschaftet. Dem Haftbefehl entsprechend nahmen sie fünf philippinische Frauen fest und brachten sie auf das Revier in Otemachi. Innerhalb von achtundvierzig Stunden mussten das Protokoll geschrieben sein und die Verdächtigen samt Beweismaterial einem Haftrichter vorgeführt werden. Diesem oblag es, die Fälle zu prüfen und die Ausweisung anzuordnen. Haftrichter war für viele Beamte der Ausländerbehörde das oberste Karriereziel.

Am Ende wurden die Frauen wieder den Sicherheitsbeamten übergeben und in ein Abschiebegefängnis nach Yokohama gebracht.

Allein für das Protokoll hatte Tsuneo bis nach Mitternacht gebraucht. Er beschloss, im Amtsgebäude zu übernachten, und suchte gegen ein Uhr den Schlafsaal im zweiten Stock auf.

Insgeheim fürchtete er sich davor, in seinem Zimmer im Wohnheim zu schlafen. In den vergangenen beiden Nächten war er aus Angst vor den Wahnvorstellungen so nervös gewesen, dass er sehr schlecht geschlafen hatte. Er war völlig erschöpft. In dem Saal lagen bereits drei oder vier andere Männer in tiefem Schlaf. Tsuneo trank einen Pappbecher Sake und legte sich hin. Doch seine Gedanken hielten ihn wach: Hast du es auf mich abgesehen? Komm nur, versuch's! Denk ja nicht, ich bleibe ruhig hier liegen und lasse mich von dir zum Narren halten. Unwillkürlich lauschte er. Er wusste nicht, wann er eingeschlafen war. Nichts geschah.

Als Tsuneo am nächsten Morgen in sein Büro ging, verspürte er eine gewisse Enttäuschung. Drei Tage waren ohne besondere Vorkommnisse vergangen, und nun fühlte es sich an, als fehlte etwas. Fast sehnte er den Sturm, die Welle, die flüsternde Stimme wieder herbei. Ihm war klar, dass die Halluzinationen ihn in eine Art Ekstase versetzt hatten. Etwas hatte ihn bezwungen und sein Spiel mit ihm getrieben, er hatte Angst empfunden, hatte sich gedemütigt gefühlt und war doch auch fasziniert gewesen. Er hatte etwas gefühlt, für das in seinem Alltag kein Platz war.

Wer bist du?

Die Stimme kam eindeutig nicht aus seinem Inneren. Es war, als versuchte jemand, ein Gespräch mit ihm zu beginnen. Anders konnte er es nicht beschreiben. Die Person hatte ihn zwar angesprochen, aber offensichtlich kannte sie ihn nicht.

Tsuneo lächelte bitter. Nun war er schon wieder ins Grübeln geraten.

Anders als am Tag zuvor verdrängte er den Gedanken nicht sofort. Noch nie hatte er eine so überwältigende sexuelle Erfahrung gemacht wie an jenem Morgen auf dem Friedhof. Er hatte einen tiefen Frieden empfunden, selbst als die riesige Welle über ihm zusammenschlug und ihn wie eine hilflose Marionette hin und her schleuderte.

Sag mir, wer bist du?

Wäre es nicht leichtfertig, diese Frage so mir nichts dir nichts zu beantworten? Dass die Person nicht wusste, wer er war, gab Tsuneo Sicherheit. Aber immerhin hatte sie die Macht, die unglaublichsten Sinnestäuschungen bei ihm hervorzurufen. Auf keinen Fall würde er mehr von sich preisgeben.

»Ich bin ein ganz gewöhnlicher, neunundzwanzigjähriger Mann. Mehr kann ich nicht sagen.«

Sie sind neunundzwanzig Jahre alt?

»Ja, neunundzwanzig und ledig.«

Oh, wie wunderbar, wir reden miteinander!

Tsuneo schlug geräuschvoll den Ordner mit den Protokollen zu, so dass einige Kollegen verblüfft aufschauten.

»Sakuma!«, rief Tsuneo laut, um ihren Blicken etwas entgegenzusetzen. »Kannst du mir mal helfen? Du hast doch die Anzeige von der Sprachschule in Tabata aufgenommen, nicht wahr?« Er ging zum Flur.

»Ja, aber das war offensichtlich eine Denunziation aus Rache.«

»Das Motiv für die Anzeige kann uns ja egal sein.« Tsuneo eilte den Gang entlang zur Treppe.

»Brauchst du mich lange?«, fragte Sakuma.

Natürlich nicht. Im Grunde brauchte er Sakumas Hilfe gar nicht, sondern hatte sich nur von seiner Bestürzung ablenken wollen.

Sie redeten miteinander. Er redete mit der Stimme.

Wie schön, dass wir miteinander reden!

»Ach, lass nur!« Tsuneo blieb abrupt auf der Treppe stehen und drehte sich zu Sakuma um. »Ich komme schon allein zurecht.«

»Ich kann das doch machen. Worum geht es denn genau?« Sakuma kam ihm nach.

»Nein, nein, schon in Ordnung. Ich mache es selbst. Danke.« Tsuneo war im ersten Stock angekommen.

»Bist du sauer wegen irgendwas?« Sakuma wirkte verunsichert.

»Ich mach das schon, lass mich einfach.«

»Tsuneo, jetzt sei doch nicht eingeschnappt.«

Ohne stehen zu bleiben ging Tsuneo weiter ins Erdgeschoss, an den Ausländern vorüber, die auf den Aufzug warteten, und verließ das Gebäude. Da die Schalter für Aufenthaltsgenehmigungen sich im ersten Stock befanden, herrschte dort und auch im Parterre stets großes Gedränge. Sämtliche Wartebänke waren besetzt, und zahllose Antragsteller standen in den Gängen.

Manche vermuteten eine böse Absicht hinter dieser

Enge. Vielleicht befürchtete man bei der Ausländerbehörde, dass sich die Zahl der Anträge erhöhen würde, wenn die Räumlichkeiten einladender wären? Das war allerdings etwas kurzsichtig gedacht. Schließlich hätte eine Aufstockung des Personals und der Schalter eine Menge zum japanischen Ansehen im Ausland beitragen können. Sooft Tsuneo das Gedränge sah, fragte er sich, wohin eigentlich das ganze Geld floss, das Japan angeblich besaß. Die meisten Antragsteller erhielten keinen besonders guten Eindruck von diesem Land.

Tsuneo versuchte, sich auf die Überlegungen zu konzentrieren, und tauchte ins Dickicht der Hochhäuser ein.

6

Guten Abend, sagte die Frau.

Tsuneo war gerade zur Tür hereingekommen. Es war niemand im Zimmer. Er machte Licht und blieb, ohne sich die Schuhe auszuziehen, an die geschlossene Tür gelehnt stehen. Es war kurz nach halb elf.

Guten Abend, sagte die Frauenstimme in seinem Kopf. Er war unsicher, ob er antworten sollte oder nicht.

Den ganzen Heimweg über hatte er sich gefragt, ob die Frau ihn ansprechen würde, wenn er allein in seinem Zimmer wäre. Je näher er dem Wohnheim kam, desto mehr hatte sich seine Erwartung gesteigert. Als er nun die Stimme vernahm, konnte er nicht genau sagen, ob es wirklich die Stimme einer Frau war oder ob er sie sich nur einbildete.

Du kannst mich doch hören, oder?, fragte die Frau. *Hörst du meine Stimme?*

»Ja«, sagte Tsuneo versuchsweise einmal laut.

Guten Abend. Die Stimme klang erfreut.

War es möglich, dass er die Stimme nur hörte, weil er sie hören wollte? Er stand kurz vor der Verlobung. Wieso wünschte er sich, die Stimme einer fremden Frau zu hören? Natürlich dachte er manchmal an andere Frauen, aber er konnte nicht glauben, dass eine so reale Stimme lediglich in seiner Phantasie existierte.

»Ich möchte etwas fragen«, sagte er leise in das leere Zimmer hinein.

Ja, bitte, antwortete die Frau.

»Existierst du tatsächlich, oder bilde ich mir deine Stimme nur ein?«

Ich existiere tatsächlich.

Natürlich konnte auch diese Antwort ein Produkt seiner Wahnvorstellungen sein.

»Kannst du das beweisen?«

Warte!

Tsuneo stand reglos da und versuchte, möglichst an gar nichts zu denken, damit er sich nicht wieder eine Antwort suggerieren konnte. Er musste einen Beweis haben, der eindeutig von der anderen Person stammte.

Wende dich mir zu, sagte die Stimme.

Tsuneo zuckte zusammen. War sie da? War sie im Zimmer?

»Wo bist du?«

Das ist doch eine Zeile aus einem Haiku.

»Eine Gedichtzeile?«

Ja, kennst du es nicht? – »Wende dich mir zu«, heißt es.

»Nein.«

Tsuneo kannte sich mit Haikus nicht aus.

Ich auch nicht, ich kenne nur dieses eine. Ab und zu sage ich es mir vor.

»Wende dich mir zu?«

Ja. Sag mir die nächste Zeile!

»Ich habe keine Ahnung.«

Aber es ist von dem berühmten Dichter Basho.

»Egal von wem es ist, ich kenne es nicht.«

Also kann ich nicht du sein, denn ich kenne die nächste Zeile.

Sie hatte Recht.

»Wie lautet sie?«

»Auch ich bin sehr einsam.«

»Und weiter?«

Kannst du dich gar nicht erinnern?

»Ich kenne es nicht.«

»Am Abend im Herbst.«

»Wende dich mir zu – »

Ja.

»Auch ich bin sehr einsam/am Abend im Herbst.«

Ja.

»Das höre ich zum ersten Mal.«

Gut, das reicht jetzt.

»Was ist denn los?«

Es ist sehr anstrengend …

Plötzlich ließ die Spannung in der Luft nach. Nur die Wirklichkeit blieb zurück, so kam es ihm zumindest vor.

Tsuneo zog langsam seine Schuhe aus, betrat das Zimmer und ließ sich auf den Boden sinken.

Wende dich mir zu
auch ich bin sehr einsam
am Abend im Herbst.

Er hatte dieses Haiku noch nie im Leben gehört. Die Frau war da. Sie existierte. Davon war er nun überzeugt. Er hatte mit ihr gesprochen, auf eine ganz besondere Weise.

Mit einem Mal merkte er, wie erschöpft er war. Vielleicht lag es daran, dass er den ganzen Tag so angestrengt gearbeitet hatte. Oder aber an dem Gespräch mit der Frau. Oder an beidem.

Tsuneo sackte in sich zusammen und schlief ein. Als er am nächsten Morgen aufwachte, entdeckte er, dass er nicht einmal das Licht gelöscht hatte.

7

Es war möglich zu heiraten, ohne verliebt zu sein. Dafür waren arrangierte Ehen der beste Beweis. Insofern erübrigte sich für Tsuneo die Frage, ob er Yoshie liebte oder nicht. Hätte ihn jemand gefragt, hätte er wohl zugeben müssen, dass er sie nicht liebte.

Sicher gab es Paare, die sich schon einen Monat nach ihrer ersten Begegnung innig liebten. Aber bei den meisten arrangierten Ehen war das wohl nicht der Fall. Man sah einfach darüber hinweg oder redete sich eben ein, verliebt zu sein.

Vor der Verlobung musste noch der Ring gekauft werden. Zu diesem Zweck verabredeten sich Tsuneo und Yoshie an einem Sonntagnachmittag in einem Café in Shibuya. Hier kam Tsuneo auf seine Preisvorstellungen zu sprechen. Für die Verlobungs- und Eheringe zusammen habe er dreihunderttausend Yen eingeplant, aber da sie von längerfristiger Bedeutung sein sollten, sei er natürlich bereit, noch etwa hunderttausend Yen draufzulegen.

»Tut mir leid, dass es so teuer wird«, sagte Yoshie. Diese Reaktion überraschte Tsuneo.

»Ich bin neunundzwanzig. Da kann man sich so was schon mal leisten«, erwiderte er. Yoshies Haltung gefiel ihm.

Allerdings hatte sie mit ihrer Entschuldigung noch etwas anderes beabsichtigt.

»Ich weiß nicht, wie ich es sagen soll …« Sie senkte den Blick und lachte.

»Was?«

»Weißt du, ich …« Sie druckste mädchenhaft verlegen herum. »Ich arbeite ja nun schon bei der Bank, seit ich mit der Schule fertig bin.«

»Also, sag schon.« Tsuneo lächelte ihr zu.

Sie habe einige Ersparnisse, da sie zu Hause nur dreißigtausend Yen im Monat abgeben müsse. Nun sei ein Verlobungsring aber doch etwas fürs ganze Leben, und deshalb würde sie gern zweihunderttausend dazugeben, um einen zu fünfhunderttausend Yen zu kaufen.

»Aber wenn dich das ärgert, lassen wir es einfach«, sagte sie.

»Warum sollte mich das ärgern? Also geben wir für den Verlobungsring zusammen fünfhunderttausend aus. Die hunderttausend, die ich eingeplant hatte, nehme ich für die Eheringe. Was meinst du?«

»Ja.« Yoshie nickte treuherzig.

Da sie nicht aus Liebe heirateten, kam dem Ring eine umso größere Bedeutung zu. Tsuneo verstand, dass Yoshie ihrer Ehe Gewicht verleihen wollte, indem sie sich die Symbole etwas kosten ließ. Ihm war der Ring gleichgültig, doch für sie war er offensichtlich sehr wichtig.

Die Bankfiliale, in der Yoshie arbeitete, lag in Sangenjaya. Der Juwelier, zu dem sie gingen, war ein Kunde ihrer Bank und würde ihr zwanzig Prozent Rabatt geben.

Sie fuhren mit der Shin-Tamagawa-Linie zu dem Geschäft und kauften einen Platinring mit einem 0,8-karätigen Diamanten. Demnach mussten auch die Eheringe aus Platin sein, aber Yoshie wollte sie erst später kaufen.

»Ich möchte nicht alles so ruck, zuck hinter mich bringen, als ginge es um ein Geschäft«, sagte sie zu dem Juwelier und lachte.

Tsuneo stand gerade mit dem Rücken zu ihnen und fragte sich, ob sie sein Verhalten als zu geschäftsmäßig empfunden hatte.

Weil seine Arbeit ihn so in Anspruch nahm, musste er die Hochzeitsvorbereitungen zwischen Tür und Angel erledigen. Er konnte nichts dafür, wenn dadurch ein Eindruck von Hektik und Geschäftsmäßigkeit entstand. Im Grunde war eine Eheschließung ja auch Arbeit. Wenn Yoshie diese Ansicht nur teilen könnte und nicht so viel Romantik hineinprojizieren würde. Andererseits konnte er sie verstehen.

Sie standen an der U-Bahn-Station, um nach Shibuya zurückzufahren.

»Ich habe zwei Restaurants aus einer Zeitschrift herausgesucht, ein französisches und ein japanisches. Welches würdest du vorziehen?«

»Du hast mir einen so teuren Ring gekauft. Jetzt lade ich dich ein.«

»Kein Problem. Zwei Fünftel davon hast du ja sowieso selbst bezahlt.«

»Lass doch. Und erzähl auch bitte meinen Eltern nichts davon.«

»Ich hätte die fünfhunderttausend gern bezahlt, wenn ich sie gehabt hätte.«

»Nein, nein, ich hatte sowieso vor, etwas beizusteuern. Und so kann ich ein bisschen angeben.«

»Oh.« Tsuneo fand sie etwas zu direkt, aber da sie sich über sich selbst lustig machte, war ihm das nicht allzu unangenehm. Wie sachlich und praktisch sie ist, dachte er. Einerseits suchte sie einen Juwelier, bei dem sie zwanzig Prozent Rabatt bekam, aber ihre Eitelkeit wollte sie auch befriedigen. Bei dem Gedanken, dass Yoshie ihre Hochzeit mit einem Mann, den sie nicht wirklich liebte, so sorgfältig vorbereitete, befiel ihn eine gewisse Traurigkeit. Aber erging es ihm denn anders?

Sie entschieden sich für das japanische Restaurant, setzten sich an einen ruhigen Ecktisch und bestellten das in der Zeitschrift empfohlene Menü »Setouchi«.

Dazu tranken sie Sake. Yoshie war recht trinkfest, und auch nach den vier Fläschchen Sake, die sie zu zweit leerten, merkte man ihr kaum etwas an. Vielleicht sprach sie ein wenig lauter.

Wieder erzählte sie von ihren Kollegen in der Bank. Die Geschichte, wie der stellvertretende Filialleiter, Mitte vierzig, eine verheiratete Teilzeitkraft mit Werbegeschenken für sich einzunehmen versuchte, war sogar recht amüsant. Yoshie war eine aufmerksame Beobachterin. Sie würde eine solide, unkomplizierte Ehefrau abgeben.

»Wir passen eigentlich ganz gut zusammen, oder? Ich rede gern, und du bist schweigsam«, sagte sie in Übereinstimmung mit seinen Gedanken.

»Da hast du Recht.«

Zwei einander bisher völlig fremde Menschen würden bald zusammenleben. Da war mit vielen Überraschungen zu rechnen. Wahrscheinlich käme er jedoch mit Yoshie besser zurecht als mit einer dieser verträumten und überspannten Frauen.

»Erzähl mir doch auch mal was.« Geschickt schenkte Yoshie ihm nach. »Irgendein Erlebnis, das du in letzter Zeit hattest.«

»Da muss ich nachdenken.«

Da waren der Sturm, die Welle und die Stimme. Natürlich würde Yoshie ihm nicht glauben und ihn womöglich seltsam finden. Es gefiel ihm sogar, dass sie sein Erlebnis als »albernen Quatsch« abtun würde.

»Also in letzter Zeit …«, begann er.

»Ja? Was denn?«

»Höre ich manchmal eine Stimme.«

»Eine Stimme?«

»Ja. Ich höre, wie jemand ›Guten Abend‹ zu mir sagt, obwohl niemand da ist.«

»Wo hörst du das?«

»An keinem bestimmten Ort. Mal hier, mal dort.«

»Meinst du: Wenn du zu viel getrunken hast?«

»Vielleicht. Alkohol wirkt bei mir sehr plötzlich. Ehe ich mich versehe, kann ich kaum noch gehen.«

»Ich habe mich schon gewundert.«

Er lachte und erzählte nicht weiter. Sie würde seine Geschichte ohnehin nicht glauben, selbst wenn er sie ihr ausführlich erzählte. Niemand würde ihm glauben. Er hätte sich gern jemandem anvertraut, aber wer würde ihn schon ernst nehmen? Auch nach der Hochzeit würde er Yoshie nichts davon erzählen. Er musste die Geschichte tief ins Reich der Schatten verbannen, wo auch seine Erlebnisse in Portland begraben lagen.

»Guten Abend!«, rief Tsuneo spaßeshalber, als er gegen elf in sein Zimmer im Wohnheim zurückkehrte.

Er stieß einen Lacher aus und warf sich aufs Bett. Er sprach mit einer Frau, die es gar nicht gab. Das konnte man wirklich keinem erzählen. Alle würden ihn für verrückt halten. Er musste die Sache unbedingt für sich behalten.

»Wie bist du nur auf mich gekommen? Ich habe keinerlei Neigung zum Okkultismus und bin auch kein besonders interessanter Mann.«

Was für ein Mann bist du denn?

»Ich?«

Tsuneo war sprachlos. Ohne es zu merken, hatte er sich auf ein Gespräch mit der Stimme eingelassen.

»Deine Frage überrascht mich.« Er holte tief Luft. »Du hast mich doch angesprochen, also müsstest du mich eigentlich kennen, oder?«

Ich habe mir nur gewünscht, mit jemandem zu reden, so wie jetzt mit dir.

»Aber wer hat mich denn dann ausgesucht?«

Du warst der Einzige, der geantwortet hat.

»Aber ich habe doch gar nicht geantwortet. Ich habe nicht einmal gewusst, dass du diese Signale aussendest. Plötzlich bekam ich diesen Anfall, und alles geriet durcheinander. So war das nämlich. Diese Sache auf dem Friedhof, die ging doch auf dein Konto, oder?«

Welche Sache auf dem Friedhof?

»Du weißt nichts davon?«

Ich habe keine Ahnung. Ich weiß nicht einmal, wo du bist und wie du aussiehst. Ich bin selbst erstaunt, dass wir miteinander reden.

»Also, wie soll ich sagen? Es war sehr erotisch.«

Was?

»Weißt du das nicht mehr? Erotisch eben ..., also wenn ein Mann und eine Frau ...«

Plötzlich spürte er eine Veränderung in der Luft. Die Spannung war fort. Es hatte eine ganz leichte, aber deutlich wahrnehmbare Verschiebung stattgefunden, als sei eine feine Membran, die ihn umgab, abrupt von ihm abgeglitten.

»Und fort ist sie.«

Ja, sie war fort. Angetrunken wie er war, kicherte Tsuneo vor sich hin. Warst du das auf dem Friedhof? Du warst es, gib's zu.

»War gar nicht übel«, sagte er dann laut. »Das war sogar richtig gut. Ich hätte nichts dagegen, wenn du das noch mal machen würdest.«

Es kam keine Antwort.

»Aha, die Dame ziert sich. Du gehörst zu denen, die einschnappen, wenn ihnen was nicht passt.« Während er redete, schlief Tsuneo ein.

Am nächsten Morgen fuhr er mit Inspektor Ota zu einer Untersuchung nach Adachi. Es ging um eine Fabrik, die japanische Fächer bedruckte.

Zu Tsuneos Verwunderung war es ihm unmöglich, sich an den Klang der Stimme in der vergangenen Nacht zu erinnern. Er konnte sich nicht einmal entsinnen, ob sie hoch oder tief und kräftig gewesen war. Dabei hatte er normalerweise ein gutes Gedächtnis für Stimmen.

Letztendlich hatte er sich das Ganze wohl doch nur eingebildet. Aber nein, das stimmte nicht. Ganz gewiss hatten sie miteinander gesprochen, doch hatte er die Worte nicht als Laute, sondern eher wie elektrische Schwingungen wahrgenommen. Aber da war noch mehr gewesen.

Das eigentümliche Tempo, in dem die Frau jedes einzelne Wort langsam und mühsam hervorgebracht hatte, als müsse sie es sich abringen, hatte in seinem Herzen einen süßen Nachhall hinterlassen.

Sie hatte sich gar nicht besonders gut ausgedrückt, aber in einem so vertrauten Ton mit ihm gesprochen, wie er ihn sonst nicht kannte. Im Vergleich zu ihr klang Yoshies Stimme brutal nüchtern. Wenn man dem unbeholfenen, niedlichen Plappern eines Kleinkindes lauschte, das abrupt von der Stimme eines Teenagers unterbrochen wurde, erschien diese vielleicht ähnlich grob. Yoshie konnte nichts dafür. Diese Stimme war besonders. Er spürte, dass sich die Frau auf jedes einzelne Wort konzentrierte. Tsuneo wusste nicht, wo sie sich aufhielt, aber offenbar sendete sie ihre Worte aus einer Entfernung, die eine gewöhnliche Stimme physikalisch nicht zu überwinden vermochte.

»Hast du schlecht geschlafen?«, sprach ihn der sonst so wortkarge Ota an, der es nicht ertrug, wenn andere schwiegen.

»Nimm's mir nicht übel. Ich war nur in Gedanken. Was wolltest du wissen?«

»Gar nichts. Ich wollte dich warnen. Da war eine Pfütze.«

»Du meine Güte, mein Schuh ist ja ganz nass.«

Er war mit dem linken Fuß ins Wasser getreten.

»Merkst du das jetzt erst?«

Sobald er seinen Gedanken freien Lauf ließ, gerieten sie in den Bann der nächtlichen Stimme.

Ich habe keine Ahnung. Weiß weder, wo du bist, noch wie du aussiehst.

Es war wie ein Wunder. Kaum zu fassen. Jemand sendete heimlich Gedanken aus, legte sein ganzes Herz hinein, und er konnte sie empfangen. Aber warum ausgerechnet er? Verständlicher wäre es gewesen, wenn er den gleichen Drang verspürt hätte. Aber er wäre nie von sich aus auf eine solche Idee gekommen. – Wirklich nicht? Tsuneo war sich nicht mehr sicher. Hatte er sich unbewusst nach einem Menschen gesehnt, dem er sein Herz ausschütten konnte? Er wusste es nicht. Er hatte sich schon so sehr daran gewöhnt, seine Gefühle zu verdrängen. Es würde ihm nicht helfen, wenn er jetzt anfing, über die Untiefen seiner Seele nachzugrübeln.

Oder vielleicht doch? Du musst nur aufmerksam in dich hineinhören, sagte er sich. Ganz sicher hast du dir jemanden gewünscht. Du hast dich zu diesem Beruf gezwungen und dich, ohne auf dein Herz zu hören, für eine Ehefrau entschieden. Du bildest dir ein, alles meistern zu können, solange du nur deine Gefühle unter Kontrolle hast.

»Bitte?« Tsuneo sah Ota fragend an.

»Sollen wir uns mal in der Nachbarschaft umhören?«

»Nein, das gibt nur Gerede. Wir machen uns erst mal selbst ein Bild.«

Die Anzeige stammte von einem Konkurrenten der Firma. Der Mann hatte behauptet, die Firma würde »ziemlich viele Pakistaner« beschäftigen. Sie lag auf einem Deich am Arakawa-Fluss. Es war ein warmer frühlingshafter Morgen.

8

Was machst du beruflich?, fragte die Frauenstimme.

»Erst du«, gab Tsuneo zurück.

Ich kann es dir nicht sagen.

»Warum nicht?«

Weil ich geheimnisvoll bleiben möchte.

»Siehst du, das möchte ich auch.«

Ich habe dir ja schon erzählt, wie anstrengend es für mich ist, mit dir zu reden.

»Ja.«

Würdest du mir helfen?

»Was muss ich tun?«

Wünsche dir, so inbrünstig du kannst, mit mir zu reden.

»Das tue ich bereits.«

Noch inniger.

»Ich bemühe mich.«

So ist es schön, viel leichter. Ich fühle mich gleich entspannter.

»Eines würde ich doch gern wissen.«

Dann frag.

»Wie alt bist du?«

Ts ts ts …

»Wir kennen uns doch gar nicht. Du kannst es mir ruhig sagen.«

Achtzehn.

»Kann nicht sein.«

Dann einundzwanzig.

»Es ist schwierig für mich, mit dir zu reden, wenn ich nicht weiß, wie alt du bist.«

Also gut, ich bin sechsundzwanzig.

»Das hört sich schon besser an.«

Ich bin sechsundzwanzig Jahre alt.

»Gut.«

Also dann …

»Dann was?«

Dann sprich jetzt mit mir.

»Sprich du. Du wolltest doch mit mir reden.«

Sie antwortete nicht. Er lauschte.

»Hallo?«

Ja?

»Das ist ja wie am Telefon.«

Stimmt.

»Ich dachte, die Verbindung wäre unterbrochen.«

Es ist so schwierig.

»Was ist denn so schwierig?«

Etwas zu erzählen und zugleich rätselhaft zu bleiben.

»Sieh es doch mal so: Ich bin ein Mann, den du nicht kennst. Also kannst du mir alles erzählen.«

Alles?

»Ja.«

Stimmt eigentlich.

»Es kommt nicht oft vor, dass man auf diese Weise kommunizieren kann. Ich werde dich nicht ausnutzen.«

Ausnutzen?

»Dich mit dem erpressen, was du mir erzählst.«

Der Gedanke ist mir gar nicht gekommen.

»Umso besser.«

Das Meer ist wunderschön, sagte sie völlig unerwartet.

»Das Meer?«

Ja, das Meer. Es ist weit und breit kein einziges Schiff zu sehen. Ich liebe das Meer in der Morgendämmerung.

»In der Morgendämmerung?«

Und das Rauschen der Wellen! Oft liege ich nachts wach und lausche mit angehaltenem Atem, ob es vielleicht andere Laute überdeckt. Ob jemand die Treppe hinaufschleicht oder die Tür öffnet. Dennoch liebe ich das Rauschen in der Morgendämmerung.

»Aber es dämmert doch gar nicht.«

Stimmt. Es ist schon heller Morgen.

Tsuneo war wie erstarrt.

Auf dem Rücken liegend öffnete er langsam die Augen, die er bis dahin geschlossen gehalten hatte.

Eine große Hand umklammerte seinen Magen, presste ihn immer stärker zusammen.

Hallo?

Er brauchte nicht auf die Uhr zu sehen. Es war kurz nach elf Uhr abends. Von Morgendämmerung keine Spur. Es konnte auf keinen Fall Morgen sein.

»Wo bist du?«

Rate mal.

»Ich weiß es. Natürlich weiß ich es.«

Natürlich?

»Du bist keine Frau. Ich wusste von Anfang an, dass mit dir etwas nicht stimmt. Du hast dir eine ziemlich raffinierte Methode ausgedacht, mich in Angst zu versetzen. Der Zeitunterschied, oder? Das war der Hinweis. Amüsierst du dich gut auf meine Kosten, Eric? Du bist es doch, Eric. Was bezweckst du, wenn du dich nach all den Jahren in meinen Kopf schleichst? Verschwinde. Es war nicht meine Schuld. Es war ein Missverständnis zwischen dir und ihnen. Ich behaupte ja nicht, dass ich gar nichts damit zu tun hatte. Aber schließlich hast du mich dazu getrieben.«

Er hörte ein Geräusch und wusste sofort, was es war. Es klopfte an der Tür. Es klang wütend. Anscheinend fühlte sich sein Nachbar, der im Amt für Land-, Forst- und Fischereiwirtschaft arbeitete, gestört. Ein staatliches Beamtenwohnheim war ein Sammelbecken für die unterschiedlichsten Menschen.

»Herr Kasama!«, rief der Nachbar.

»Ja, bitte?« Tsuneo bemühte sich um einen möglichst normalen Tonfall.

»Ist etwas mit Ihnen?«

»Nein, alles in Ordnung.«

»Wirklich?«

»Ja! Verzeihen Sie, wenn ich Sie gestört habe.«

»Haben Sie Besuch?«

Der aufdringliche Kerl ließ nicht locker.

»Nein«, rief Tsuneo möglichst heiter, lief zur Tür und riss sie weit auf. Sein vierunddreißigjähriger Nachbar musste ausweichen und verlor dabei fast das Gleichgewicht. Er lachte hysterisch auf.

»Ich habe geübt, laut zu lesen, und mich dabei etwas gehenlassen.«

»Sie sehen blass aus.«

Was ging das diesen Kerl an?

»Und Sie sind ja völlig schweißüberströmt.«

»Ja, das kommt wohl von der Anstrengung. Entschuldigen Sie, ich werde jetzt leiser sein.«

»Eigentlich stört es mich nicht, ich dachte nur ...«

Dann hau auch ab! Tsuneo knallte die Tür so heftig zu, dass ein Luftzug entstand.

Sieben Jahre lag diese Sache in Portland schon zurück. Warum beschäftigte sie ihn noch so sehr? Dieses tiefenpsychologische Zeug machte ihn fertig. Wer hätte gedacht, dass Eric auf diese Weise wieder auftauchen würde.

Eric Roob. Ein seltsamer Name. Roob. Er hatte Tsuneo erzählt, er sei irgendwo am Michigansee geboren. Aber inzwischen war er doch schon so lange tot. Sein Geist, wenn es so etwas gab, wäre sicher früher erschienen. Dass er Tsuneo erst nach so langer Zeit heimsuchte, wies eher darauf hin, dass es an ihm lag. Wie raffiniert von seinem Unterbewusstsein, Eric eine Frauenstimme zu geben. Und dann der Trick mit dem Zeitunterschied. ... Es stimmte, im Augenblick war es in Portland Morgen. War es möglich, dass ihn diese Dinge nie losgelassen hatten? Nie hätte Tsuneo vermutet, dass etwas so Kompliziertes in ihm vorging.

Er konnte nicht einschlafen. Wenn er einschliefe, so fürchtete er, würde tief in seinem Inneren etwas erwachen. Dennoch sehnte er sich danach, schlafen zu können wie ein Stein. Aber daraus würde wohl nichts werden.

Um kurz nach drei spürte Tsuneo plötzlich, wie etwas auf ihn zukroch. Vor Entsetzen brach ihm der Schweiß aus. Ein Traum? Er wollte sich aufsetzen, um dies so schnell wie möglich herauszufinden, aber er konnte sich nicht rühren. Er versuchte zu sprechen, wollte sagen, »so ist es also, wenn man gefesselt ist«, aber etwas hatte ihm auch die Stimme geraubt. Er versuchte, sich zu beruhigen und riss die Augen weit auf.

Hör mir bitte zu, sagte die Stimme an seinem Ohr.

»Eric!«

Er meinte zu schreien, aber kein Laut kam aus seiner Kehle.

Wer ist Eric?

»Verschwinde!«

Ich bin nicht Eric.

»Egal, verschwinde trotzdem!«

Obwohl seine Stimme unhörbar war, wusste er, dass sie die Frau erreichte. Nein, es war ja gar keine Frau, es war Eric, der sich als Frau ausgab.

Ich habe gelogen. Eigentlich bin ich in Tokio. Das mit der Morgendämmerung war nur so ein Einfall von mir, um geheimnisvoll zu erscheinen. Ich habe doch nicht damit gerechnet, dass du dich aufregst.

»Auf eine solche Idee kommt man doch nicht einfach so.«

Doch. Ich habe einen Onkel in Fresno, der mir schreibt. Ich weiß, wie man die Uhrzeit umrechnet: Man muss sieben Stunden zur japanischen Zeit hinzuzählen und Tag durch Nacht ersetzen, dann hat man die Uhrzeit in Kalifornien. Ich überlege öfter, wie viel Uhr es dort gerade ist.

»Was du nicht sagst.«

Bitte, glaub mir.

»Verschwinde.«

Ich bin nicht Eric.

»Wie stehst du dann zu Eric?«

Gar nicht. Ich kenne keinen Mann, der Eric heißt.

»Tu doch nicht so unschuldig. Immerhin bist du in der Lage, einen erwachsenen Mann festzuhalten. Du musst Riesenkräfte haben. Lass mich los, du Teufel!«

Ich bin kein Teufel!

»Komm nie wieder in meine Nähe. Ich werde bald heiraten und kann mich nicht mit dir abgeben.«

Du willst heiraten?

»Ganz recht.«

Du lügst.

»Wieso lüge ich?«

Ein glücklicher Mensch, der im Begriff ist zu heiraten, könnte mich nicht hören.

»Dann ist es eben ein Missverständnis. Verzieh dich, und such dir einen anderen.«

Du wirst nicht heiraten.

»O doch. Übermorgen um eins feiere ich meine Verlobung. Ich lüge nicht. Das Verlobungsgeschenk und den Ring habe ich bereits gekauft.«

Aber du meinst es nicht wirklich ernst.

»Niemand heiratet, ohne es ernst zu meinen.«

So kann man das nicht sagen.

»Auf alle Fälle verlobe ich mich nicht zum Scherz«, erwiderte Tsuneo heftig und laut – obwohl das ganze Gespräch natürlich nur in seinem Kopf stattfand. Er war absichtlich schroff, um es zu beenden.

Stille trat ein.

Aber sie war noch da. Der Luftdruck um ihn hatte sich nicht geändert. Er versuchte, einen Arm zu heben, aber der war wie einzementiert und ließ sich keinen Millimeter bewegen. Tsuneo erkannte seine Machtlosigkeit.

»Hör mir zu.«

Es kam keine Antwort. Ein kalter Schauer lief ihm langsam den Rücken hinunter. Es war das Grauen, das er bis dahin niedergerungen hatte.

»Entschuldige, dass ich dich so grob angefahren habe. Es ist alles ein Missverständnis. Du bist nicht Eric. Ich habe mich grundlos in etwas hineingesteigert und möchte mich entschuldigen. Verzeih mir. Du bist so mächtig. Warum solltest du dich mit jemandem wie mir abgeben? Du könntest einen viel würdigeren Mann finden. Das war eine unglaubliche Erfahrung für mich. Nicht im Traum hätte ich daran gedacht, dass ein Mensch solche Fähigkeiten besitzen kann. Ich kann kaum fassen, dass wir auf diese Weise miteinander reden konnten. Ich will dir nicht schmeicheln, aber du hast etwas Besonderes an dir, das mich anzieht. Um die Wahrheit zu sagen, meine Verlobte fing an mich zu langweilen, nachdem ich mit dir gesprochen hatte. Aber jetzt kann ich nicht mehr zurück. Bitte, versteh mich doch. Wenn ich verheiratet bin, kann ich nicht mehr mit dir sprechen. Wir müssen Schluss damit machen.«

Plötzlich fuhren Tsuneos Arme in die Höhe, als hätten Gewehrkugeln in sie eingeschlagen. Die Kraft, die ihn niedergehalten hatte, hatte sich gelöst. Ohne es zu merken, hatte er seine Armmuskulatur angespannt und dagegengedrückt.

Sie war fort, das spürte er an der Atmosphäre. Er war ein wenig enttäuscht, dass sie so schnell aufgegeben hatte, fürchtete aber noch immer, dass er sie provoziert hatte und sie ihn wieder angreifen würde. Vor Erschöpfung blieb er reglos liegen.

9

Der nächste Tag verging, ohne dass etwas geschah. Dann kam der Tag von Tsuneos und Yoshies Verlobung.

Die Befürchtung, dass die Sache noch nicht zu Ende war, ließ Tsuneo nicht los. Vielleicht sehnte er sich sogar heimlich nach einer Fortsetzung, was wiederum ein bedenkliches Bild von seinem psychischen Zustand zeichnete.

Um kurz nach elf verließ er das Wohnheim.

Sollte die Stimme sich wieder melden, dann wahrscheinlich bei seiner Verlobung. Es war unklug von ihm gewesen, den Zeitpunkt zu verraten. Er musste auf der Hut sein. Auf gar keinen Fall durfte er vor versammelter Gesellschaft auf die Stimme eingehen, ganz gleich, was sie sagte. Da sie sich jedes Mal auf andere Weise näherte, hatte er keine Ahnung, wie er sich wappnen sollte.

Um kurz nach halb eins kam er bei Yoshies Familie an. Etwa fünf Minuten später trafen Herr und Frau Saito ein, die offiziellen Ehestifter.

Herr Saito sprach plötzlich in einem ganz anderen Ton als sonst und saß da, als hätte einen Stock verschluckt. Tsuneo musste an seinen Großvater denken, der vor vierzehn Jahren gestorben war. Er hatte auch immer ganz anders geklungen, sobald er Sutren rezitierte. Wenn Tsuneo ihn in den Sommerferien in Matsuzaka in der Präfektur Mie besuchte, hörte er jeden Morgen und Abend, wie der alte Mann vor dem Hausaltar betete. Dennoch mutete ihn die Stimme des Großvaters stets aufs Neue seltsam und fremd an. Sein Großvater, beleibt und friedfertig, hatte eine kleine Reishandlung. Er lächelte ständig und sagte »Ach ja? Uhmh.« Ganz gleich, wer was erzählte, er blieb bei seinem »Ach ja? Uhmh« und lächelte dazu. Mehr sagte er nie. Wenn er jedoch Sutren rezitierte, klang seine Stimme tief und kräftig wie die eines Samurai. Sobald er vor dem Altar Platz nahm, richtete er seinen sonst gebeugten Rücken kerzengerade auf, und seine Stimme wurde so laut, dass sie fast wütend klang. Anfangs hatte Tsuneo gar nicht begriffen, dass es sein Großvater war, der da betete, und auch als er es wusste, hatte er immer das vage Gefühl, in seinem Großvater stecke noch eine andere Person, die nur beim Beten zum Vorschein kam.

Nach dem Austausch der üblichen Höflichkeiten hatte Herr Saito vorgeschlagen, mit der Zeremonie anzufangen. Im nächsten Augenblick war das Lächeln von seinem Gesicht verschwunden, und er dröhnte mit sonorer Stimme: »Nun lasset uns beginnen.« Tsuneo erschrak und dachte zuerst, die Frau mit der Stimme habe etwas damit zu tun, merkte aber sofort, dass dem nicht so war: Regierungsrat Saito schien bei offiziellen Anlässen immer so zu sprechen.

Auf einer Seite knieten Yoshie und ihre Eltern in förmlicher Haltung, ihnen gegenüber Tsuneo und das Ehepaar Saito. Herr Saito machte eine kurze Pause, damit die Anwesenden sich innerlich auf die Zeremonie einstellen konnten. Dann sagte er noch einmal: »Nun lasset uns beginnen«, und zwar so laut, als spräche er in einem Konferenzsaal und nicht in einem acht Tatami großen Zimmer. Das war zwar etwas ungewöhnlich, aber keineswegs dem Einfluss der Frau mit der Stimme zuzuschreiben.

»Wir sind hier zusammengekommen, um Tsuneo Kasama, den ältesten Sohn der Familie Kasama, und Yoshie Shibata, die älteste Tochter der Familie Shibata, einander zu versprechen«, fuhr Herr Saito noch dröhnender fort.

Alle verbeugten sich gleichzeitig.

Als Tsuneo den Kopf wieder hob, sah er, wie auch Yoshie sich langsam und mit feierlicher Miene aufrichtete. Ihre Mutter und ihr Vater, der auf dem Ehrenplatz saß, hatten jeden Ausdruck aus ihren Gesichtern verbannt und wirkten wie ganz andere Menschen.

»Eigentlich müsste Tsuneos Vater Koichiro an dieser Zeremonie teilnehmen, doch da gewisse Umstände seine Anwesenheit unmöglich machen, begleiten meine Frau und ich den jungen Mann an seiner statt, auch wenn wir seinen Vater kaum zu ersetzen vermögen, und liefern diese Waren ab, die Tsuneos Verlobung mit Ihrem Fräulein Tochter bezeugen sollen …«

Saito stockte. Tsuneo erschien die Formulierung »liefern diese Waren ab« etwas sonderbar.

»Also, ich will sagen« fuhr Saito fort, »in der Hoffnung, Sie beehren ihn mit der Annahme dieser Waren …« Er geriet etwas ins Schleudern. »Warenannahme« war wirklich ein bisschen daneben. Doch Saito war nicht aufzuhalten.

»Deshalb sind wir heute hier zusammengekommen. Ein guter Tag für einen glücklichen Anlass. Ich gratuliere.«

»Danke sehr«, riefen Yoshie und ihre Eltern im Chor und verbeugten sich.

Alle wirkten todernst. Da die Zeremonie auch für Tsuneo abgehalten wurde, war seine innere Belustigung natürlich völlig unangebracht.

Nun ließ sich Frau Saito mit weihevoller Stimme vernehmen. »Heute ist ein Tag zum Feiern. Herzlichen Glückwunsch.« Sie klang wie die Frau eines Samurai.

Völlig überrumpelt presste Tsuneo die Lippen zusammen, um nicht herauszuprusten. Seine Nasenlöcher blähten sich.

Sie sprach langsam und verbeugte sich tief, indem sie sich mit den Händen auf den Tatami abstützte. Tsuneo verneigte sich. So oft die Saitos sich verbeugten, solle er es auch tun, hatte man ihm gesagt.

Frau Saito erhob sich nun mühsam, schritt zu dem Tablett mit den symbolischen Verlobungsgaben – getrockneter Seetang, getrockneter Tintenfisch und festliches Geschenkpapier. Als sie vor dem Tablett niederknien wollte, verlor sie das Gleichgewicht und musste sich mit den Händen abstützen, so dass sie einen Moment lang aussah, als wolle sie auf allen vieren durchs Zimmer krabbeln.

Alle verhielten sich, als wäre nichts geschehen. Frau Saito setzte sich auch gleich wieder auf, nahm das Tablett und wollte sich erheben. Diesmal torkelte sie ein paar Schritte durch den Raum, als hätte sie einen Schwindelanfall.

Jetzt entfuhr den anderen ein erschrockener Ausruf, und sie schickten sich an aufzuspringen. Doch Frau Saito fing sich mit einem kleinen tänzerischen Hüftschwung und hielt das Tablett vor sich. Die anderen blickten wieder nach vorn.

Wieder blähten sich Tsuneos Nasenlöcher, und er musste die Lippen zusammenpressen.

Frau Saito trat nun vor Yoshie.

Diese richtete sich auf, schob ihr Sitzkissen zurück und erhob sich.

Frau Saito und Yoshie nahmen wieder Platz.

Nachdem Frau Saito das Tablett mit den Verlobungssymbolen einmal hochgehoben hatte, setzte sie es auf dem Tatami ab. Yoshie verbeugte sich sehr tief.

»Dies«, erklärte Frau Saito gravitätisch, »sind die Verlobungsgaben von Tsuneo Kasama. Bitte halten Sie sie stets in Ehren.«

»Ich danke Ihnen!«, erwiderte Yoshie ebenso dramatisch. »Ich werde sie für immer in Ehren halten.« Sie klang wie eine Darstellerin für Hosenrollen vom Frauentheater Takarazuka.

Frau Saito sagte noch etwas.

Es war nichts Komisches daran. Zeremonien waren eben so, und Tsuneo war längst aus dem Alter heraus, in dem man bei Feierlichkeiten Lachkrämpfe bekam. Eigentlich war er sogar eher traurig. Er hatte kein Recht, sich über diese Dinge lustig zu machen. Formen nahmen in seinem Leben einen bedeutenden Platz ein, und das würde wohl auch in Zukunft so bleiben. Nach der Verlobung und auch selbst nach der Hochzeit würde er damit fortfahren, seine wahren Gefühle zu verdrängen und weiter die ihm vorgeschriebene Rolle spielen.

»Wir danken Ihnen!«, riefen Yoshies Eltern plötzlich im Chor. Dabei warfen sie sich fast auf den Boden. »Vielen Dank, dass Sie die Ehe zwischen diesen beiden jungen Menschen ermöglicht haben.«

Unaufhaltsam stieg in Tsuneo ein Lachen hoch, dessen Ursache er nicht verstand. Er presste die Lippen noch fester zusammen, aber es half nichts.

Yoshie starrte ihn überrascht an. Auch ihren Eltern stand der Mund offen vor Erstaunen.

»Na, na, Kasama!«, herrschte Saito ihn an.

Doch Tsuneo konnte nicht antworten. Sein Gesicht verzerrte sich. Er lachte, zügellos, schlug beide Hände vors Gesicht und krümmte sich, um das Gelächter zu unterdrücken, aber sein ganzer Körper bebte, und er prustete. Es war die Frau mit der Stimme! Sie war es, die ihm dies antat. Tsuneo versuchte, ein ernstes Gesicht aufzusetzen, aber das Lachen überkam ihn in Wellen und brach wieder und wieder aus ihm hervor. Seit Beginn der Zeremonie hatte er sich einfach über zu vieles amüsiert. Er hätte diese Anwandlungen von Heiterkeit sofort im Keim ersticken sollen, aber er hatte sie für ganz natürlich gehalten. Im Nachhinein betrachtet war seine Reaktion wirklich etwas sonderbar. Was war so lustig daran, wenn bei einer Verlobung der Ehestifter die Stimme erhob oder seine Frau auf allen vieren herumkroch? Yoshie hatte ja auch keinen Lachanfall bekommen, sondern war ganz ernst bei der Sache gewesen. ... Aber war es nicht viel natürlicher, wenn man das ganze Theater zum Lachen fand? War es nicht noch lächerlicher, solche Albernheiten mit Grabesmiene über sich ergehen zu lassen?

Tsuneo verspürte einen heftigen Schlag auf seinem linken Ohr und fiel auf die Tatami.

»Unverschämter Flegel!«, schrie Regierungsrat Saito.

»Vater! Lass das!«, rief seine Frau und schüttelte heftig den Kopf.

»Herr Saito!«, flehte Yoshies Vater, auf den Knien heranrutschend.

Alle schrien wild durcheinander, und Saito trat den am Boden liegenden Tsuneo in den Bauch.

»Vater!«, schrie Frau Saito. »Ich bitte dich, es ist doch ein glücklicher Anlass.«

Tsuneo stand langsam auf. Der Lachkrampf war wie weggezaubert.

»Herr Kasama, Sie müssen sich bei Herrn Regierungsrat Saito entschuldigen«, sagte Yoshies Vater.

»Ja, Herr Kasama, bitte entschuldigen Sie sich bei ihm«, stimmte auch die Mutter ein.

Von Yoshie war nichts zu hören.

»Entschuldigen Sie vielmals«, sagte Tsuneo laut und verbeugte sich, so tief er konnte. Er durfte der Frau mit der Stimme nicht das Feld überlassen, sich nicht geschlagen geben.

»Kein Anstand, dieser Lümmel!«, schimpfte Saito.

Tsuneo, der den Blick gesenkt hielt, sah, wie der Regierungsrat unwirsch mit den schwarz bestrumpften Füßen aufstampfte.

»Er entschuldigt sich ja«, sagte Frau Saito.

»Für wen, glaubst du, veranstalten wir das ganze Trara?«, grollte Saito.

»Ich bitte Sie untertänigst um Verzeihung«, sagte Tsuneo noch lauter als dieser.

»Herr Saito, bitte verzeihen Sie ihm«, sprang Yoshies Vater ihm bei.

»Bitte, Herr Saito«, flehte nun auch die Mutter.

Yoshies Eltern knieten neben Tsuneo nieder und verbeugten sich, indem sie die Hände auf die Tatami legten.

»Sie brauchen sich nicht für ihn zu entschuldigen. Sie trifft keine Schuld.« Saitos Stimme bebte noch immer.

»Aber er wird bald unser Schwiegersohn sein. Also sind wir mitverantwortlich«, sagte der Vater.

»Ja, es ist auch unsere Schuld«, tönte die Mutter.

»Was reden Sie denn da?«, sagte Saito verärgert. »Sie haben nichts damit zu tun. Kasama ist der Übeltäter!«

»Verzeihen Sie mir!«, rief Tsuneo wieder.

»Yoshie, sitz nicht rum, bitte Herrn Saito um Verzeihung!«, sagte die Mutter.

»Warum ich?« Yoshie machte zum ersten Mal den Mund auf.

»Warum, warum! Es geht um deinen zukünftigen Ehemann.« Ihr Vater war sehr ärgerlich.

»Aber wie kann ich mich für ihn entschuldigen?«

»Ich will keine Widerworte hören. Entschuldige dich gefälligst!«

»Entschuldige dich«, wiederholte die Mutter.

»Lassen Sie sie doch«, mischte Frau Saito sich ein. »Unsere kleine Yoshie braucht sich nicht zu entschuldigen.«

Die Saitos und die Shibatas waren bis vor etwa vier Jahren Nachbarn gewesen.

»Sei nicht kindisch«, wandte sie sich nun an ihren Mann, »was bringt es, wenn Yoshie sich für ihn entschuldigt?«

»Wann hätte ich denn von Yoshie verlangt, sich zu entschuldigen?« Herrn Saito war der Wind aus den Segeln genommen.

»Lachen ist ein physiologisches Phänomen«, erklärte Frau Saito, um ihn zu beruhigen.

»Da haben Sie Recht«, pflichtete Yoshies Vater ihr bei. »Manchmal kann man es nicht unterdrücken, auch wenn es gar nichts zu lachen gibt.«

»Das stimmt nicht«, widersprach Herr Saito. »Lachen ist durchaus kein rein physiologisches Phänomen. Dem Jungen fehlt es an Disziplin. Das ist eine Frage der Einstellung.«

»Entschuldigen Sie!«, rief Tsuneo noch einmal.

»Ist doch nicht so schlimm. So was kann schon mal vorkommen«, sagte Frau Saito.

»Aber das geht doch nicht.« Herr Saito wurde wieder laut. »So etwas geht einfach nicht.«

»An und für sich ist Lachen ja gesund«, ließ Yoshies Vater sich vernehmen. »Vielleicht ist es sogar ein glückliches Omen.«

»Ganz recht«, fügte Frau Saito hinzu. »Besser jedenfalls als Weinen.«

»Genau, und viel besser, als gleich wütend zu werden«, erklärte Yoshies Mutter.

»Dein Geschrei war auch nicht gerade höflich«, tadelte nun Frau Saito ihren Mann, was wiederum Yoshies Mutter in Verlegenheit brachte.

»So hatte ich es nicht gemeint.«

»Ihr habt ja Recht.« Herr Saito schien sich allmählich abzuregen. »Ist schon in Ordnung. Komm, Kasama, du kannst wieder hochschauen. Ich hätte selbst mit mehr Würde reagieren sollen.«

»So ist es.« Seine Frau nickte heftig.

»Aber es gehört sich nicht, bei einem solchen Anlass in Gelächter auszubrechen.«

Tsuneo entschuldigte sich noch einmal sehr laut und mit einer tiefen Verbeugung. Dann schossen ihm plötzlich Tränen in die Augen.

»Yoshie, es wird Zeit, das Essen zu servieren«, rief Yoshies Mutter.

»Verzeihen Sie, aber wir leben sehr beengt. Würde es Ihnen etwas ausmachen, kurz im Wohnzimmer Platz zunehmen, derweil wir alles vorbereiten?«

»Tsuneo, gehen Sie doch bitte auch mit Herrn Saito ins Wohnzimmer«, bat die Mutter.

Tsuneo rührte sich nicht von der Stelle.

»Herr Kasama, hier entlang, bitte«, rief Frau Saito.

»Ich komme.«

Aber er konnte sich nicht bewegen. Seine Augen standen voller Tränen. Er versuchte, sein Schluchzen zu unterdrücken, er kniete, die Hände auf die Tatami gestützt, und konnte sein Gesicht nicht heben. Die Frau. Die Frau mit der Stimme. Sie war es. Er wusste es, aber er konnte sich nicht wehren.

»Ist ja gut. Was gibt es da zu weinen? Kommen Sie schon.« Frau Saito tätschelte ihm die Schulter.

Tsuneo biss sich auf die Lippen und kroch ins Wohnzimmer.

»Ist alles wieder gut. Hör auf, du bist doch kein Kind mehr«, sagte Herr Saito.

Aber Tsuneo konnte nicht aufhören.

Alles in diesem Raum machte Tsuneo tieftraurig. Es machte ihn traurig, dass Menschen so lebten und ganz ernsthaft solche Zeremonien durchführten. Yoshies Eltern, die sich den Lachanfall des Bräutigams schönredeten; die eingeschnappte, trotzig schweigende Yoshie; der cholerische Herr Saito und seine Frau, die ihn zu besänftigen versuchte – sie alle erschienen ihm so einsam und bemitleidenswert, dass er unwillkürlich in Tränen ausgebrochen war.

»Hör jetzt auf«, sagte Herr Saito, schon halb resigniert.

»Herr Kasama.« Frau Saito rutschte zu ihm hin und schlug mit der flachen Hand auf die Tatami. »Sie brauchen nicht zu weinen. Sie haben Ihren Fehler eingesehen und sich entschuldigt. Damit ist die Sache erledigt. Hören Sie auf zu weinen. Bitte.«

Aber Tsuneo konnte seinen Tränen nicht Einhalt gebieten, ebenso wenig wie noch vor kurzem seinem Gelächter.

»Schlagen Sie mich!«, stieß er schluchzend hervor, in der Hoffnung, er könnte dann aufhören. »Bitte, schlagen Sie mich noch einmal.«

»Ich verstehe Sie nicht«, sagte Frau Saito. »Wenn Sie so schluchzen, kann man Sie nicht verstehen.«

»Ich habe ihn verstanden. Er sagt, ich soll ihn schlagen.«

»Was soll das nützen? Wir feiern schließlich Verlobung.

Warum sollte der Ehestifter den Bräutigam schlagen? – Oder willst du ihn etwa schlagen?«, sagte Frau Saito.

»Das ist nicht mehr lustig. Es reicht.«

»Haben Sie gehört? Ihm reicht es auch. Machen Sie keine Schwierigkeiten. Was fällt Ihnen bloß ein? Kaum sagen wir, es sei besser zu lachen als zu weinen, fangen Sie an zu weinen. Hören Sie jetzt endlich auf.«

Aber Tsuneo konnte nicht aufhören.

Von Ratlosigkeit übermannt, verfielen Herr Saito und seine Frau in Schweigen.

Auch Yoshie und ihre Eltern waren verstummt. Sie stellten im Nebenzimmer einen Tisch auf und legten eine weiße Plastiktischdecke darüber.

Nur Tsuneos vergebliche Versuche, sein Schluchzen zu unterdrücken, waren zu hören.

Dann sagte die Mutter leise zu ihrer Tochter: »Yoshie, bring vorerst nur Bier, bitte.«

Yoshie, die reglos herumgestanden hatte, schlurfte trotzig in Richtung Küche. Auf der Hälfte des Weges blieb sie stehen.

»Was geht hier eigentlich vor?«, presste sie hervor. Die Worte schienen tief aus ihrem Inneren zu kommen. »Was?« Nicht einmal Tsuneo entging, dass die Mutter Yoshie überrascht ansah. »Was los ist, will ich wissen«, kreischte Yoshie plötzlich.

»Halt den Mund!«, schrie ihr Vater sie an, als wolle er Schlimmeres verhindern. »Meinst du, es hilft, wenn du jetzt auch noch anfängst?«

»Was ist, verdammt noch mal, mit diesem Typ los?«,

schrie Yoshie und funkelte Tsuneo von oben an. »Was will er? Das ist doch eine Katastrophe. Was geht hier vor? Herr Saito, Sie haben das alles arrangiert, Sie tragen die Verantwortung.«

»Rede doch keinen Unsinn«, rief ihre Mutter.

»Wer macht denn hier den Unsinn? Wer denn, hm?«, schrie Yoshie, so laut sie konnte. Dann lief sie zur Schmucknische, in der die Verlobungsgeschenke aufgebaut waren, griff danach und schleuderte sie wild durchs Zimmer. »Das hier und das hier auch!«

»Yoshie!«

»Yoshie, aber Kind!«

Zitternd kauerte Tsuneo inmitten des Tumults und versuchte, sein Schluchzen zu unterdrücken. Die Frau mit der Stimme! Dieses verfluchte Weib.

10

Sicher und routiniert steuerte Regierungsrat Saito seinen Wagen durch den Verkehr. Tsuneo hätte nach allem, was passiert war, nicht so ruhig fahren können. Allerdings hatte Saito schon seit etwa zwanzig Minuten nichts mehr gesagt. Sie fuhren über die Auffahrt Yoga auf die Stadtautobahn.

Saito hatte darauf bestanden, Tsuneo nach Edogawa in sein Wohnheim zu bringen. Anfangs hatte Tsuneo sich hartnäckig dagegen gesträubt, aber Saito hatte ihm in einem Ton, der keinen Widerspruch duldete, befohlen einzusteigen. Frau Saito war bei Yoshies Familie geblieben.

Hätte Tsuneo die Verlobung arrangiert, hätte er nicht mal im Traum daran gedacht, den Mann, der einen solchen Skandal verursacht hatte, auch noch nach Hause zu fahren. Der hätte sehen können, wie er nach Hause käme! Andererseits hatte Saito ungefragt den Ehestifter gespielt und Tsuneo der Familie Shibata empfohlen: »Bei mir im Amt arbeitet ein sympathischer, ernsthafter junger Mann, der gut zu Yoshie passen würde.« Frau Saito war jetzt sicher in einer unangenehmen Lage. Als ihr Mann ihn zum Wagen schob, hatte Tsuneo gehört, wie sie immer wieder vor sich hin murmelte: »Ich verstehe das nicht. Was ist nur mit ihm los? Er ist doch sonst nicht so.« Im Augenblick entschuldigte sie sich wahrscheinlich kniefällig bei Yoshies Eltern. Tsuneo hatte ein schlechtes Gewissen.

Nachdem sie Shibuya und den Aoyama-Tunnel hinter sich gelassen hatten, brach Herr Saito endlich sein Schweigen.

»Kasama.«

»Ja, Herr Regierungsrat.« An diesem Punkt hatte sich endlich Tsuneos Zittern gelegt, das noch von dem Weinkrampf herrührte.

»Schnall dich an.«

»Jawohl.«

Danach schwieg Saito wieder etwa zwanzig Minuten lang. Vielleicht wäre es nun an Tsuneo gewesen, etwas zu sagen. Zum Beispiel: »Ich habe etwas Furchtbares getan. Verzeihen Sie mir. Ich habe Ihnen und Ihrer Gattin Schande bereitet.«

Aber das kam ihm zu wenig und unangemessen vor. Es schien ihm würdiger, so zu tun, als sei er zu erschüttert und zerknirscht, um überhaupt etwas zu sagen. Allerdings fühlte er sich gar nicht schuldig, denn sonst hätte er sicher keinen Gedanken darauf verschwendet, wie er sich am geschicktesten verhalten sollte. Er war davon überzeugt, dass nicht er selbst für sein Verhalten verantwortlich war, sondern dieses verdammte Weib mit der Stimme!

Er hatte das Wohlwollen seines Vorgesetzten verspielt.

Aber warum fuhr der ihn nun nach Hause? Wäre es nicht viel natürlicher gewesen, Tsuneo möglichst schnell loswerden zu wollen?

Vielleicht bemühte sich Saito, seine Gefühle unter Kontrolle zu halten und sich zu benehmen, wie es sich für einen Vorgesetzen und Ehestifter in einer solchen Situation gehörte. Wahrscheinlich brauchte er seine ganze Kraft, um seine Wut zu unterdrücken und gleichzeitig den Wagen zu steuern, und konnte deshalb nicht reden.

Vor Ryogoku gerieten sie in einen Stau. Als der Wagen stand, sprach Saito erneut.

»Weißt du, ich …« Seine Stimme klang ruhig.

»Ja, Herr Saito?«

»Ich war auch mal Beamter im Außendienst. Deshalb kann ich dich bis zu einem gewissen Grad verstehen.«

»Ja, Chef.« Tsuneo spürte, dass es kein guter Zeitpunkt war zu fragen, was Herr Saito denn verstehen konnte, also nickte er nur.

»Die Leute, die wir bei unserer Arbeit festnehmen müssen, sind ja oft keine richtigen Kriminellen.«

»Ja.«

»Das kann einen mitunter ganz schön fertigmachen.«

»Ja.«

»Ich hätte es merken sollen. Wenn du dich nicht wohl fühlst, hätten wir die Verlobung doch verschieben können.«

»Entschuldigen Sie, dass ich Ihnen solche Schwierigkeiten … »

»Ist schon gut. Heute schläfst du dich mal ordentlich aus, und morgen gehen wir zum Arzt.«

»Ich kann allein gehen.«

»Kennst du einen Arzt?«

»Ja. Ich war schon einmal bei einem …«

»Ich verstehe.«

»Aber er hat nichts festgestellt.«

»Gab es einen besonderen Anlass?«

»Ich hatte das Gefühl, mich nicht unter Kontrolle zu haben.« Den Vorfall auf dem Friedhof behielt er für sich. »Mir erschien alles so traurig.«

»Dieses Gefühl kenne ich. Einige der Illegalen haben sehr traurige Schicksale. Auch wenn man sich bemüht, davon unberührt zu bleiben, geht es einem hin und wieder doch nah.«

»Ja.«

»Tja …«, Herr Saito schien sich an etwas zu erinnern, während er langsam ein Stück vorwärts fuhr. »Mir ist das auch schon passiert.«

»Ja.«

»Du bist erschöpft. Ab morgen bist du beurlaubt. Ich sage deinem Chef Bescheid.«

»Aber nein, ich kann doch …«

»Pflichtbewusste Menschen wie du sind am anfälligsten. Vergiss doch mal die Arbeit. Die Sache mit der Verlobung werden wir zunächst auch auf Eis legen. Wenn das Mädchen nicht allzu sauer ist, wäre es am besten, später alles nach Plan fortzusetzen. Aber ich weiß nicht …«

»Es ist doch kein Wunder, dass sie wütend ist.«

»Wenn sie sich immer so aufführt, wäre sie dir vermutlich keine große Hilfe.«

»Wahrscheinlich nicht.«

»Eigentlich hast du Recht. Wenn man darüber nachdenkt, ist alles, was die Menschen so anstellen, ziemlich traurig.«

Wieder trat Stille ein. Sie verließen die Stadtautobahn an der Kreuzung Ichinoe, fuhren auf der Ringstraße 7 bis zur Kuramaebashi-Straße und bogen rechts ab.

»Soll ich dir jemanden vorbeischicken?«, fragte Saito, als sie in die Nähe des Wohnheims kamen.

»Nein, danke. Ich komme allein zurecht.«

»Bist du sicher?«

»Ja. Ich bin schon viel ruhiger.«

»Soll ich deinem Vater Bescheid sagen?«

»Er ist viel zu beschäftigt …«

Saito wusste, dass Tsuneos Vater wieder geheiratet hatte. Die Beziehung zu seinem Sohn war so kühl, dass er nicht einmal zur Verlobung gekommen war.

»Na dann.«

»Ich war heute so nervös, dass bei mir alle Sicherungen durchgebrannt sind. Es ist mir auch wegen Ihrer Gattin sehr unangenehm.«

Als Tsuneo vor dem Wohnheim ausstieg, fragte Herr Saito noch einmal: »Kannst du wirklich alleine zum Arzt gehen?«

»Ja, das geht schon. Vielen Dank für Ihre Fürsorge.«

Während Saitos Honda Accord sich entfernte, wurde Tsuneo bewusst, dass er inzwischen schon selbst glaubte, krank zu sein, und sich mit der Patientenrolle arrangiert hatte.

Dabei war er doch überhaupt nicht krank. Er hatte lediglich den Fehler begangen, der Frau mit der Stimme den Tag und die Uhrzeit seiner Verlobung zu verraten. Er hatte sich gefragt, auf welche Weise sie ihn attackieren würde, aber mit einem Lachkrampf hatte er nicht gerechnet. Und dann die Heulerei. Sie musste das Ganze sehr sorgfältig geplant haben.

»Komm raus!«, schrie Tsuneo, kaum dass er sein Zimmer betreten und die Tür hinter sich geschlossen hatte. Natürlich schrie er nur innerlich. Es war Feiertag, und sein Nachbar vom Landwirtschaftsamt war womöglich zu Hause. Tsuneo wollte nicht gestört werden.

»Komm raus, wo immer du bist! Weißt du, was du angerichtet hast?«

Er lauschte. Er lauschte mit seinem Herzen. Keine Antwort.

»So geht das nicht. Du hast mich in diese Lage gebracht. Du kannst nicht so tun, als wüsstest du von nichts.«

...

Ihm war, als hätte sie etwas gesagt. Aber da er so geschrien hatte, war er sich nicht sicher. Er spürte, wie sich die Luft um ihn herum verdichtete.

»Du kennst mich doch gar nicht. Nicht einmal einem dir völlig Fremden gönnst du sein Glück. Du hast meine Verlobung zerstört.«

Tsuneo wusste, dass sie ihn hörte. Natürlich war sie nicht im Zimmer. Sie war weit fort, aber er hatte das Gefühl, dass sie sich auf seine Stimme konzentrierte.

»Du freust dich wohl, dass dein Plan geglückt ist, was?«

Ich habe also dein ...

Endlich konnte er die Stimme hören.

»Säusle hier nicht so unschuldig rum. Sprich, wie es deiner Tat angemessen ist.«

Ich habe also dein ..., wiederholte die Stimme, diesmal in etwas provozierendem Ton. Das gefiel ihm viel besser.

Ich habe also dein Glück zerstört?

»Ich kann das Mädchen wahrscheinlich nicht mehr heiraten.«

Und das bedeutet, dass ich dein Glück zerstört habe?

»Was denn sonst? Wie kannst du das in Zweifel ziehen!«

Ich habe nur gedacht ...

»Was hast du gedacht? Alles soll kaputtgehen?«

Nein.

»Zumindest hast du mir kein Glück gewünscht. Du hast nur ein bisschen an Zerstörung gedacht. Nur ein kleines bisschen. Vielleicht stimmt das ja sogar. Aber du hast diese Fähigkeit, ob du dir nun dessen bewusst bist oder nicht. Du hast die Macht, mein Leben zu zerstören. Unser Gespräch ist der beste Beweis dafür. Das kann nicht jeder. Ich jedenfalls nicht. Du hast Macht. Vielleicht warst du nur ein bisschen eifersüchtig, oder es hat dir Spaß gemacht. Aber mich hat es mit voller Wucht getroffen. Was hast du dir nur dabei gedacht?«

Ich dachte nur, du solltest ehrlicher zu dir selbst sein.

»Heute Mittag um eins?«

Keine Antwort.

»Ausgerechnet heute Mittag um eins?«

Ja.

»Du hast nicht nur einfach gedacht, sondern hattest eindeutig böse Absichten!«

Ein wenig vielleicht ...

»Ein wenig?! Wir waren mitten in der Zeremonie. Just

in dem Moment hast du von mir verlangt, ehrlich zu mir selbst zu sein.«

Wie ist es denn ausgegangen?

»Das weißt du nicht? Und das soll ich dir glauben?«

Ich weiß es wirklich nicht.

»Ich hab's doch gerade gesagt: Die Verlobung ist geplatzt.«

Wie ist das passiert?

»Was meinst du denn, he?«

Du hasst sie.

»Wen soll ich hassen?«

Deine Verlobte.

»Wieso soll ich meine Verlobte hassen?«

Auf jeden Fall magst du sie nicht.

»Wieso das denn? Wer verlobt sich denn mit jemandem, den er nicht mag?«

Warum ist deine Verlobung dann in die Brüche gegangen?

»Ich habe gelacht. Gelacht, weil mir die Zeremonie so komisch erschien. Es war sehr peinlich. Natürlich haben solche förmlichen Veranstaltungen aus einem bestimmten Blickwinkel immer etwas Absurdes, und insgeheim amüsiert man sich. Aber man prustet doch nicht einfach mittendrin laut heraus! Selbstverständlich behält man seine Erheiterung für sich. Nur leider hast du mich dazu gebracht, meine wahren Gefühle zu zeigen. Ich wäre vor Lachen fast geplatzt.«

Damit habe ich nicht gerechnet.

»Nicht gerechnet? Was soll das heißen?«

Ich ...

»Was hast du denn gedacht, was passieren würde?«

Hör mir zu.

»Jeder weiß, dass den Leuten bei Zeremonien manchmal die Füße einschlafen, wenn die Reden zu lang sind. Aber über solche Dinge lacht man nicht in der Öffentlichkeit.«

Ich dachte, du magst deine Braut.

»Tue ich ja auch.«

Und auf welche Weise?

»Was geht dich das an?«

Warum hat meine Stimme dich erreicht und nicht irgendeinen anderen …?

»Woher soll ich das wissen?«

Weil du kein glücklicher Mensch bist.

»Dich hat keiner gefragt.«

Du hasst sie nicht, du findest sie nicht mal unsympathisch. Aber glücklich warst du auch nicht über die Verlobung. In Wirklichkeit empfindest du überhaupt nichts für sie.

»Du redest, als hättest du ein Spiel gewonnen. Unsere Verlobung war arrangiert. Ich kenne Yoshie seit kaum zwei Monaten. Da ist es doch klar, dass ich nicht bis über beide Ohren in sie verknallt bin.«

Warum willst du eine solche Ehe eingehen?

»Weil solche Beziehungen stabiler sind. Ehen, in der die Beteiligten klare Erwartungen haben, halten länger als Liebesheiraten. Die sind nämlich den Anforderungen des Alltags nicht gewachsen und zerbrechen daran. Auf jeden Fall hast du kein Recht, dich in meine Angelegenheiten einzumischen, ganz gleich, wen ich wie heirate. Noch weniger Recht hattest du, meine Verlobung zu zerstören.«

Warum bist du dann der Einzige, der meine Stimme hören kann?

»Woher soll ich das wissen?«

Ich bin ein sehr einsamer Mensch.

»Einsame Menschen gibt es überall.«

Du trägst bestimmt auch an irgendeiner schweren Last.

»Du überschätzt mich. Ich habe weder Schulden noch Vermögen. Ich bin ein Durchschnittsmensch. Mein einziger Wunsch ist es, in einer Nische der Gesellschaft ein unauffälliges, friedliches Familienleben zu führen.«

Wer ist Eric?

»Nie gehört.«

Du hast den Namen aber erwähnt.

»Hab's vergessen.«

Das ist nicht wahr.

»Verschwinde! Sprich mich nie wieder an. Ich werde dir nicht mehr antworten. Kapiert? Ganz egal, was du machst, ich werde mich wehren. Verpfusch mein Leben nicht noch mehr, als du es schon getan hast! Wenn du nicht aufhörst, werde ich herausfinden, wer und wo du bist, und mich an dir rächen. Hau ab! Verschwinde!«

Vor Aufregung hatte er die letzten Sätze laut in den Raum gerufen. Gleich würde sein Nachbar wieder an die Tür klopfen. Aber alles blieb still.

Auch die Frau verstummte. Vielleicht änderte sich wie üblich der Luftdruck. Doch in seiner Erregung merkte Tsuneo nichts von diesem subtilen Wechsel. Er zog seine Jacke aus und nahm die Krawatte ab.

Ehrlich sollte er sein. Ehrlich in Bezug auf seine eigenen

Gefühle. *In Wirklichkeit empfindest du überhaupt nichts für sie.* Und wenn schon? Wahrscheinlich hatte die Stimme Recht. Aber sie waren mitten in der Zeremonie gewesen. Wenn er ehrlich war, hatte er nicht einen Moment daran gedacht, was Yoshie fühlte, oder dass sie im Begriff waren, einen großen Schritt zu tun. Aber verhielten sich so nicht die meisten Männer?

Tsuneo zog die Hose aus – immerhin war es sein bester Anzug – hängte sie auf einen Bügel und legte sich in Unterwäsche aufs Bett.

Yoshie ... Was tat sie wohl gerade? Wie fühlte sie sich? Er konnte es sich nicht vorstellen. Es berührte ihn nicht einmal. Es stimmte schon: Er empfand nicht gerade viel für sie. Die Stimme hat es genau erfasst, dachte er, während er an die Decke starrte. Dennoch hatte er Yoshie heiraten wollen. Es war nicht richtig gewesen, die Frau mit der Stimme anzubrüllen, dass sie sein Lebensglück zerstört habe. Er hatte sich zum Narren gemacht.

Tsuneo hatte nicht viel von einer Ehe mit Yoshie erwartet, aber das lag nicht an Yoshie, sondern an ihm selbst. Von der Ehe erwartete er genauso wenig wie vom Leben im Allgemeinen. Von außen erschien das Eheleben vielleicht ganz nett, aber wenn man erst mal drinsteckte, war es vermutlich weniger behaglich. Er hatte einfach tun wollen, was alle taten. Deshalb würde es ihn auch nicht besonders treffen, wenn Yoshie die Verlobung löste. Sie und ihre Eltern taten ihm ein bisschen leid, aber Yoshie war ja noch nicht in ihn verliebt. Also konnte sie auch nicht allzu tief verletzt sein. Wie dem auch sei, er war an der ganzen

Misere schuld und musste sich entschuldigen. Ob Yoshie ihm verzeihen würde, wenn sie den Ring behalten durfte?

Vielleicht war es ganz gut, dass alles so gekommen war. In einer Ehe sollte man einander doch mehr Gefühle entgegenbringen. Vielleicht war er die Sache zu nüchtern angegangen. Er war der Ansicht gewesen, es würde keinen großen Unterschied machen, wen er heiratete. Andererseits war die Vorstellung, dass alle Frauen mehr oder weniger gleich waren, genauso unrealistisch. Es gab so viele verschiedene Frauen und dementsprechend verschiedene Ehen. Also bestand doch sogar Aussicht – auch wenn die Chancen vielleicht eins zu zehntausend standen – auf eine traumhaft glückliche Ehe. Vielleicht sollte er noch eine Weile auf ein solches Wunder warten? Auf eine Frau, von der er dachte, *die oder keine*? Und bei der er dieses Gefühl auch nach einem Jahr, nach fünf Jahren, ja nach zehn Jahren Ehe noch hatte. Aber was redete er sich da ein? Nur realitätsfremde Spinner konnten eine solche Ehe führen. Menschen auf der Flucht vor der Wirklichkeit. Solche Leute waren unerträglich. Er sollte sich nicht naiven Träumereien hingeben. Sonst verpasste er womöglich das kleine Glück, nach dem die meisten Menschen strebten. Die Heirat mit Yoshie war ein durchaus realistisches Vorhaben gewesen. Die Frau. Die verfluchte Frau mit der Stimme. Wie soll ich weiterleben, dachte er, jetzt, wo du alles zerstört hast?

Warum muss das so sein?

Tsuneo zuckte zusammen. Sie war noch da. Er beschloss, nicht zu antworten, und hielt den Atem an.

Was hast du gegen Träume?

Er blieb stumm.

Warum glaubst du, die Wirklichkeit müsse langweilig und trostlos sein?

Er würde an gar nichts denken.

Hallo, hörst du mich?

Tsuneo bemühte sich krampfhaft, seinen Gedanken eine andere Richtung zu geben. Genau, morgen sollte ja Kawai zurückkommen, der im gleichen Jahr wie Tsuneo angefangen hatte und in die japanische Botschaft in Djakarta versetzt worden war. Vor zwei Jahren war Tsuneo eine Stelle in der Botschaft in Bangkok angeboten worden, die er jedoch abgelehnt hatte, weil der ein Jahr jüngere Hamano sich diese Versetzung so sehr wünschte und Tsuneo ohnehin nicht im Ausland leben wollte.

Warum, fragte die Stimme, *warum hast du resigniert und hältst die Wirklichkeit für so trostlos*?

Er hatte nicht resigniert. Die Wirklichkeit war eben trostlos, daran war nichts zu ändern. Es war die einzige Wirklichkeit, die er kannte.

Auch wenn du nichts anderes kennst …

Was war mit seinem Versprechen gegenüber Saito? Morgen zum Arzt zu gehen. Ob er einfach behaupten konnte, dort gewesen zu sein? Und der Arzt hätte gesagt, alles sei in Ordnung?

Auch wenn es so ist …

Was war mit Yoshie und ihren Eltern? Musste er sich nicht bei ihnen entschuldigen? Doch, das sollte er tun. Ob er morgen einmal vorbeischaute? Allein? Oder musste er Saito vorher Bescheid sagen?

Ich habe mich entschieden zu träumen.

Alles hing davon ab, ob er diese Ehe überhaupt noch wollte. Um die Verlobung zu lösen, sollte er die Shibatas lieber zusammen mit Saito aufsuchen. War er sich ganz sicher? Eigentlich nicht. Aber wenn er alleine hinging, überschätzten sie vielleicht die Bedeutung seines Besuchs. Sie wären womöglich zu Tränen gerührt und würden »Schwamm drüber« sagen. Dann müsste er Yoshie doch heiraten. Wollte er das denn?

Nein.

»Das geht dich nichts an!«

Ich habe mir etwas gewünscht. Und dann ist ein Wunder geschehen.

»Ein Wunder?«

Ja.

»Was für ein Wunder?«

Ich spreche mit dir.

»Das soll ein Wunder sein?«

Wenn das kein Wunder ist, was ist es denn dann? Ich habe mir von ganzem Herzen gewünscht, dass jemand meine Gefühle wahrnehmen würde. Tag für Tag habe ich zum Himmel hinaufgeschaut und gerufen: »Hallo! Hallo!«

»Hat wohl nicht besonders funktioniert.«

Was hat nicht funktioniert?

»Deine Wunder-bewirk-Maschine. Du hast den Falschen erwischt. Einen Mann, der keine Zeit hat, sich deine Geschichten anzuhören und dem Wunder bloß lästig sind.«

Ist das wirklich wahr?

»Von wegen zum Himmel geschaut und zärtlich ›Hallo‹ gerufen! Dass ich nicht lache! Wenn die Botschaft nur so harmlos gewesen wäre. Stattdessen erfolgte dieser unbeschreibliche Angriff auf meinen Unterleib. Mit deiner Leitung stimmt was nicht, so verzerrt, wie deine Botschaften ankommen.«

Das ist nicht wahr.

»Auch beim zweiten Mal hast du mich nicht einfach harmlos angesprochen. Du hast mich mit einer Wucht angefallen, der ich wehrlos ausgeliefert war.«

Ja, das stimmt. Aber nur weil ich niemanden erreichen konnte, selbst wenn ich aus vollem Herzen rief.

»Ist doch ganz normal, dass man so niemanden erreicht.«

Aber ich habe meine ganze Seele da hineingelegt. Alles, was ich bin.

»Tatsächlich. Es war wie ein Orkan, ein tropischer Wirbelsturm. Eine Gasexplosion.«

Ich konnte spüren, dass ich jemanden erreicht hatte.

»Ist das alles, was du dazu zu sagen hast? Ich musste die Tempeltoilette aufsuchen, um mich wieder einigermaßen präsentabel zu machen, so derangiert war ich.

Was ist passiert?

»Als ob du das nicht wüsstest! Du willst bloß, dass ich es sage.«

So etwas mache ich nicht.

»Red nicht so unschuldig daher. Denk daran, welche Wirkung deine Rufe auf mich hatten!«

Aber warum hat dich ausgerechnet dieses Gefühl erreicht?

»Immerhin bin ich ein Mann. Und Männer sind seit jeher für so was empfänglich.«

Danach wollte ich dir beweisen, dass ich keine Frau bin, die nur das Eine im Sinn hat.

»Ach so, daher der Anfall am Abend.«

Was genau ist passiert?

»Du hast ihn doch selber ausgelöst.«

Ich habe mich dir zugewandt, das ist alles.

»Ich bin in Tränen ausgebrochen.«

Warum?

»Weiß ich nicht. Du hast mich dazu gebracht. Ich wurde grundlos traurig.«

Ich war glücklich.

»Du warst glücklich, dass du jemanden zum Weinen gebracht hast?«

Ich wusste ja nicht, dass du weinst. Ich spürte nur, dass du meine Gefühle wahrgenommen hast.

»Aber ich habe sie ja gar nicht wahrgenommen. Ich wurde hineingezerrt.«

Ich wollte unbedingt wissen, wer du bist. Deshalb habe ich so fieberhaft gefragt.

»Ich habe nur ein fernes ›Wer sind Sie?‹ gehört. Ehe ich Zeit hatte zu antworten, war es weg.«

Ich war erschöpft.

»Ich auch.«

Doch nun ist der Weg offen. Ich kann mit dir sprechen. Gut, dass ich nicht aufgegeben habe. Wie sehr habe ich mir gewünscht, mit jemandem zu sprechen!

»Was für eine Krankheit hast du denn?«

Krankheit?

»Sicher bist du schon lange krank.«

Nein, ich bin nicht krank.

»Dann haben sie dich eingebuchtet?«

Oh … du meinst, lebenslänglich in einer Einzelzelle?

»Das habe ich nicht gesagt. Wie lange du sitzen musst, weiß ich nicht.«

Ich kann jederzeit gehen, wohin ich will.

»Dann habe ich keine Ahnung, wer du bist.«

Ich bin eben eine rätselhafte Frau.

»Es ist zwecklos, sich interessant zu machen. Ich habe nämlich keinerlei Interesse.«

Das ist wahr. Ich bin müde. Du hast dich schon halb abgewandt. Du … wendest … dich … mir … nicht zu …

Tsuneo wollte etwas antworten, aber sie war schon fort. Natürlich wandte er sich ihr nicht zu! Diese Person! Verfolgte ungebeten einen Mann, obwohl er sie längst abgewiesen hatte. Und wenn er dann gezwungenermaßen doch mit ihr sprach, war sie kein bisschen dankbar, sondern beschwerte sich auch noch und verschwand dann plötzlich. Genau der Typ Frau, den er am meisten verabscheute.

»Komm nie wieder«, sagte er leise, obwohl er fast sicher war, dass sie ihn nicht mehr hörte.

Es kam keine Antwort.

Im Zimmer herrschte Dämmerlicht. Erst jetzt merkte Tsuneo, dass es Abend wurde. Sie hatten lange geredet. Ich bin wirklich ein gutmütiger Trottel, dachte er.

11

Am nächsten Morgen kam Tsuneo um zwanzig vor acht ins Büro.

Er wollte nicht einfach so wegbleiben und alles Saito überlassen. Eigentlich sah er sowieso keine Notwendigkeit, den Tag frei zu nehmen. Andererseits hatte er den Saitos ziemliche Unannehmlichkeiten bereitet und konnte jetzt nicht so tun, als wäre alles in Ordnung. Vielleicht sollte er einfach sagen, dass er unter starkem Stress gestanden hatte und seine Nerven mit ihm durchgegangen waren. Er musste wohl doch zum Arzt. Aber dafür war ihm seine Arbeitszeit zu schade.

Als er das Büro betrat, scharten sich Sakuma und ein paar andere gerade lachend um Miyazaki.

»Was ist los?« Tsuneo lächelte und schloss die Tür.

»Oho!«, rief Miyazaki laut. »Man kann es dir ja ansehen!«

»Was soll das denn heißen?«

»Hast du dich nicht gestern verlobt?« Miyazaki wagte es tatsächlich, ihn aufzuziehen, obwohl Tsuneo sein Vorgesetzter war.

»Das geht euch gar nichts an«, antwortete Tsuneo, aber seine Worte gingen im allgemeinen Tumult unter. »Ach, stimmt ja!«, riefen die Kollegen. »Na, so was« und »Herzlichen Glückwunsch!«.

»Darf ich fragen, warum ihr alle so gut drauf seid?«, fragte Tsuneo. »Ist sonst noch was los?«

»Es geht um Maeda«, sagte Sakuma.

Offenbar hatte Maeda gerade Besuch von einer hübschen Philippinin gehabt, die sich bei ihm bedanken wollte. Sie war bei einer Razzia festgenommen worden, aber später hatte sich herausgestellt, dass sie Opfer eines Betrugs geworden war. Am Ende war ihre Aufenthaltsgenehmigung ohne Probleme verlängert worden.

»Hat sie ihm etwa einen Kuss gegeben?«

»Na, so beliebt ist die Ausländerbehörde nun auch nicht«, neckte Sakuma Maeda, der als ein bisschen verklemmt galt. »Leider«, stimmte Maeda ihm zu. In diesem Moment betrat Chefinspektor Honda etwas verspätet das Büro. Er maß Tsuneo mit einem überraschten Blick.

Bis kurz nach zehn waren die Beamten mit der Vorbereitung einer Razzia in einem Saunaclub im Bezirk Taito beschäftigt. Anschließend ging Tsuneo hinüber in die Verwaltung, aber Saito war gerade im Justizministerium unterwegs.

Da Tsuneo am Nachmittag im Außeneinsatz sein würde, hatte er sich schon am Morgen nochmals bei Saito entschuldigen und bedanken wollen. Nun war er nicht da. Nichts zu machen.

Als er auf dem Weg zurück in sein Büro an der Tür des Amtsleiters vorbeikam, öffnete sie sich, und Chefinspektor Honda rief: »Kasama, kommen Sie doch mal!«

Stimmt, Saito hatte ihm ja angekündigt, er würde den Chefinspektor von Tsuneos Fehlen unterrichten. Er hätte

Honda lieber gleich informieren sollen, dass es ihm wieder gut ging und er deshalb doch zur Arbeit erschienen war.

Der Amtsleiter war nicht da. Honda saß auf dem Besucherstuhl. »Wollten Sie nicht heute frei nehmen?«, fragte er.

»Wissen Sie das von Herrn Saito?«, fragte Tsuneo und setzte sich auf den Stuhl, den Honda ihm zuwies.

»Er hat mich gestern Abend angerufen«, antwortete Honda, der Tsuneos Blick auswich.

»Es ist nichts. Mir geht es gut.«

»Natürlich, aber Sie sollten vielleicht doch mal zum Arzt gehen.«

»Das werde ich.«

»Eine Zivilisationskrankheit. So was kann jeden treffen. Ich gebe Ihnen mal diese Empfehlung für eine Klinik in Aoyama-roku-chome.«

Honda zog einen dünnen Umschlag hervor. Er war an den Arzt der Klinik adressiert und von Amtsleiter Kamihara unterschrieben.

»Können Sie allein hingehen?«

»Ohne Probleme.«

»Wenn Sie jetzt gehen, machen sie dort sicher gerade Mittagspause. Ich rufe an und sage, Sie kommen um 13 Uhr.«

»Am Nachmittag bin ich im Außeneinsatz.«

»Sie sind beurlaubt. Sie müssen sich erholen.«

»Ich weiß nicht, was Herr Regierungsrat Saito Ihnen gesagt hat, aber es geht mir nicht schlecht. Ich selbst sehe gar keine Notwendigkeit zum Arzt zu gehen. Ich hatte es nur in Betracht gezogen, damit sich alle zufriedengeben … Ich habe nichts, das meine Arbeit beeinträchtigen könnte. Gut, ich gehe zum Arzt, aber lassen Sie mich bei der Razzia heute Abend dabei sein.«

»Zuerst müssen Sie zum Arzt.«

Honda stand auf und tat, als wäre die Sache für ihn erledigt. Nicht dass er sich sonderlich abweisend verhielt, aber Tsuneo war dennoch ein wenig verletzt. Honda mochte fähige Menschen. Die weniger fähigen behandelte er stets mit einer gewissen Kälte. Er zeigte seine Ablehnung niemals offen, sondern übersah solche Menschen einfach. Bisher hatte Tsuneo nicht zu dieser Gruppe gehört, aber er hatte dabei zusehen dürfen, wie andere litten.

»Von nun an befolgen Sie die Anweisungen des Arztes.«

»Jawohl.«

Die Tür hatte sich bereits hinter Honda geschlossen. Tsuneo hörte noch seine Schritte im Gang. Zum ersten Mal in seinem Leben fühlte er sich wie aufs Abstellgleis geschoben. Oder war er da ein bisschen überempfindlich? Bildete er sich das nur ein? Begann er vielleicht doch zu spinnen? Tsuneo stand auf, starrte auf die geschlossene Tür und setzte ein etwas gekünsteltes Lächeln auf.

Die Klinik befand sich im fünften Stock eines Gebäudes in der Nähe der Aoyama-Gakuin-Universität. Tsuneo sprach fast anderthalb Stunden mit dem Arzt, der etwa Ende fünfzig war.

Neben ihm saß eine junge Frau im weißen Kittel, die jedoch nicht den Eindruck einer Krankenschwester erweckte, und machte sich Notizen. Zuerst wurde Tsuneo um eine kurze Schilderung seines Lebens gebeten. Wie schon dem Psychiater, den er das erste Mal aufgesucht hatte, berichtete Tsuneo, dass er keine Geschwister habe, seine Mutter gestorben sei und sein Vater wieder geheiratet hatte. Er war gefährlich nahe daran, dem Arzt von der Frau mit der Stimme zu erzählen und ihm zu sagen, dass sein Zustand nichts mit seiner Biografie zu tun habe.

Aber dann würden sie ihn wohl endgültig für verrückt halten. Wer würde eine solche Geschichte glauben?

Also hielt er sich streng an die Fragen des Arztes, erzählte, wie sehr er sich über die zweite Ehe seines Vaters freue und versuchte sich dann an einer Selbstdiagnose: »Ich bin einfach nur sehr erschöpft und hatte deshalb meine Gefühle nicht recht unter Kontrolle.«

»Hm.«

Tsuneo hatte dies bereits zu Beginn gesagt, kaum dass er Platz genommen hatte, und während des Gesprächs noch zweimal wiederholt. Der Arzt ging nie direkt darauf ein und schien jedes Mal gerade etwas anderes im Kopf zu haben. Ab und zu blätterte er geräuschvoll in dem Ordner, den er vor sich hatte. Als Tsuneo schon überlegte, ob der Arzt womöglich verrückter sei als er selbst, fragte dieser in plump vertraulichem Ton:

»Sagen Sie, stimmt es, was Frau Yoshiko …«

»Yoshie, Yoshie Shibata heißt sie«, korrigierte die Frau im Kittel ihn sofort.

»Sie sollen es Yoshie erzählt haben. Ist das wahr?«

»Was soll ich ihr erzählt haben?«

»Dass Sie eine Stimme hören. Eine Stimme, die Ihnen ›Guten Abend‹ wünscht.«

Woher wusste der Kerl das? Wer hatte Yoshie ausgequetscht? Wahrscheinlich Saito oder seine Frau. Und Yoshie hatte nach längerem Überlegen gesagt, er sei schon die ganze Zeit so komisch gewesen.

»Das war ein Witz«, sagte Tsuneo.

»Ein etwas ungewöhnlicher Witz.«

»Ich war betrunken.«

Der Arzt blätterte erneut in seinem Ordner, und wieder kam etwas Unerwartetes.

»Und Ihr Nachbar im Wohnheim …«

»Was ist mit ihm?«

»Er sagt, Sie würden bisweilen laut reden oder weinen.«

»Moment mal, wer …?«

»Ihr Nachbar im Wohnheim.«

»Wer bei ihm war und ihn ausgefragt hat, will ich wissen.«

»Das kann ich Ihnen nicht sagen. Ich vermute, Ihre Vorgesetzten machen sich Sorgen um Sie und haben ein wenig nachgeforscht.«

»Das mit dem Nachbarn war doch erst gestern.«

»Die Ausländerbehörde arbeitet eben sehr effektiv.«

Möglicherweise hatte jemand im Ministerium für Land-, Forst- und Fischereiwirtschaft angerufen, und der Typ hatte genüsslich ausgepackt: »Er war schweißgebadet, totenbleich und hat laut mit sich selbst geredet.«

»Dafür sollten Sie Verständnis haben. Man sorgt sich um Sie.«

»Ich habe laut lesen geübt.«

»Müssen Sie irgendwo einen Vortrag halten?«

»Nein. Das ist mein Hobby. Ich habe mich da ein bisschen hineingesteigert, und dabei bin ich zu laut geworden und habe meinen Nachbarn gestört.«

»Während einer Razzia ist auch etwas vorgefallen?«

»Ach das. Das war nur eine kleine Unaufmerksamkeit. Jemand hat mir ein Bein gestellt. Das hat nichts mit der Sache gestern zu tun.«

Erst jetzt fiel Tsuneo ein, dass er Emoto ziemlich ausführlich von seinem Erlebnis auf dem Friedhof erzählt hatte. Er hoffte, dass sie nicht in Yokohama angerufen hatten. Außerdem würde Emoto ihn nicht bei seinen Vorgesetzten verpfeifen.

»Ich werde Sie eine Woche lang krankschreiben. Kommen Sie übermorgen wieder. Und nehmen Sie bitte die Medikamente, die ich Ihnen verordne, regelmäßig ein.«

»Ich brauche keine ganze Woche Urlaub.«

»Warum wollen Sie sich nicht mal ausruhen? Niemand verlangt von Ihnen, dass Sie sich für den Staat aufopfern. Wenn man Ihnen schon frei gibt, sollten Sie die Gelegenheit nutzen, auch wenn wir ein bisschen mogeln müssen. Wer sein Leben nicht selbst in die Hand nimmt, erreicht nichts. Sie können nicht Ihr ganzes Leben auf Ihrer Arbeit aufbauen. Ein Mensch, der nur seinen Beruf hat, ist sehr anfällig für Störungen. Denn wenn er hier versagt, hat er große Probleme, sich wieder aufzurichten.«

»Aber die kleine Panne während der Razzia beschäftigt mich gar nicht mehr.«

»Das glaube ich Ihnen sogar. Sie sind sich darüber im Klaren, dass Sie überarbeitet sind. Niemand wird Ihnen einen Vorwurf machen, wenn Sie Urlaub nehmen. Schlafen Sie sich mal richtig aus, ja? Aber versuchen Sie auf keinen Fall, sich mit aller Gewalt zu entspannen.«

Während Tsuneo im Wartezimmer auf sein Rezept wartete, rief Honda an.

»Ich habe schon alles vom Arzt gehört. Folgen Sie seinem Rat, nehmen Sie Urlaub. Machen Sie sich keine Sorgen. Wenn Sie sich wohler fühlen, kommen Sie wieder zur Arbeit. Vergessen Sie nicht, Ihre Medikamente regelmäßig einzunehmen.«

Er klang aufrichtig und wirkte zugleich etwas aufdringlich. Honda war ein sehr rationaler Mann, aber im Umgang mit seinen Untergebenen gab er sich bisweilen »menschlich«. Allerdings tat er das nur bei denjenigen, die seiner Ansicht nach empfänglich dafür waren. Tsuneo fühlte sich ziemlich gekränkt von Hondas Einschätzung.

Da waren sie wieder: die Selbstzweifel. Es war nicht zu leugnen: Er hatte sich bei der Arbeit verausgabt. Er glaubte, seine Gefühle unter Kontrolle zu haben, aber warum reagierte er dann derart überempfindlich auf eine Bemerkung seines Vorgesetzten? Offenbar war seine Selbsteinschätzung nicht immer die zutreffendste. Seit wann war das so? Er war ein duckmäuserischer Beamtenarsch geworden.

Tsuneo ging zu Fuß nach Shibuya.

Das Missgeschick auf dem Friedhof, die lauten Selbstgespräche im Wohnheim, das Fiasko bei der Verlobung –

nichts davon hatte etwas mit seinem psychischen Zustand zu tun, alles war *ihr* Werk. Doch obwohl er *ihr* an den einzelnen Vorfällen die Schuld gab, warf Tsuneo nun einen forschenden Blick in die Tiefen seiner eigenen Seele. Vielleicht stimmte doch etwas nicht mit ihm, wenn auch auf eine ganz andere Weise, als die anderen meinten.

Fast hätte er geheiratet, und das in der Überzeugung, es käme nicht darauf an, wen. Vielleicht hatte er zu angestrengt versucht, sich keinen Illusionen und Träumereien hinzugeben. Weil er es sich nicht gestatten wollte, glücklich zu werden. Aber war es nicht langsam an der Zeit, Nachsicht zu üben? Warum akzeptierte er nicht, dass er ein ganz normaler Beamter war, der den ganz normalen Traum vom Glück träumte und nur eine Frau suchte, die diesen Traum mit ihm teilen würde? Nach all dieser Zeit konnte doch wohl auch Eric ein Auge zudrücken.

Vermutlich würde sich die Ehe mit Yoshie im Alltag anfühlen wie ein schlecht sitzender Anzug. Einmal mehr kam ihm der Gedanke, dass es besser wäre, wenn sie nicht zu Stande käme. Dass er lieber träumen sollte. Manche Träume gingen ja auch in Erfüllung, zumindest teilweise. Und nicht nur teilweise, wie die Frau mit der Stimme bewies. Kaum vorstellbar, dass so etwas tatsächlich möglich war! Die Frau mit der Stimme. Aber konnte er wirklich sicher sein, dass sie nicht nur die Ausgeburt seiner Phantasie war?

Zweifelte er denn noch immer an ihrer Existenz?

Langsam ging er den Miyamasuzaka-Weg hinunter.

Sie hatte ihm doch den Beweis geliefert.

Wende dich mir zu
auch ich bin sehr einsam
am Abend im Herbst.

Wenn es die Stimme wirklich gab, dann war das eine Sensation. Im anderen Fall lief in seinem Innern wohl etwas dramatisch schief. Nur ein nervlich völlig zerrütteter Mensch konnte derart deutliche akustische Halluzinationen haben. Aber er war doch kein psychisches Wrack!

Tsuneo ging in einen kleinen Park, der zwischen der Hochbahn der Yamanote-Linie, einem Kino und einem Hotel lag.

Zwei Bänke, auf denen man das Brettspiel Shogi spielte, waren von Männern umringt. Tsuneo ließ sich auf einer etwas entfernteren Bank nieder.

Vor ihm war ein kleines Beet. Die roten und gelben Blumen sahen müde aus. Es tat ihm fast weh, sie zu betrachten. Es war, als würden sie dort im Schatten der Hochhäuser ohne Sonnenschein zum Blühen gezwungen. Tsuneo wandte den Blick ab. Es herrschte eine merkwürdige Stille.

Um den Park herum brauste der Verkehr, und es wimmelte von Menschen. Aber hier, wo es nach Urin roch, überlebten leise Geräusche, die außerhalb völlig untergegangen wären, er hörte das Knirschen von Sandalen auf dem Kies, wenn einer der Männer seine Körperhaltung änderte.

Tsuneo lehnte sich zurück, legte den Kopf in den Nacken und sah zum Himmel. Er war strahlend blau, doch der Park gab ihm das Gefühl, es sei bewölkt.

»Hallo!«, rief Tsuneo lautlos zum Himmel hinauf. Konzentriert sprach er das Wort in seinem Inneren aus.

Es gab für ihn nur eins. Er musste seinen Urlaub nutzen und herausfinden, wer die Frau war und wo er sie finden konnte.

»Hallo, hallo!«

Ja?, antwortete die Stimme.

»Das ging schnell.« Tsuneo lächelte.

Ich habe gewartet.

»Hast du geahnt, dass ich mich melden würde?«

Nein, eigentlich nicht.

»Aber warum sagst du dann, du hättest gewartet?«

Ich habe auf den Abend gewartet. Tagsüber arbeitest du ja. Ich wollte dich abends rufen.

»Ich möchte, dass du mir etwas versprichst.«

Versprechen? Was denn?

»Ich werde dir von Eric erzählen. Unter einer Bedingung.«

Von Eric?

»Ich habe bisher noch nie jemandem von ihm erzählt.«

Willst du das wirklich?

»Aber dafür musst du dich mit mir treffen.«

...

»Das verstehst du doch? Es ist mir einfach zu unheimlich, auf diese Weise mit dir zu sprechen. Ich möchte sicher sein, dass du tatsächlich existierst. Anders kann ich diese Gespräche nicht ertragen. Sonst denke ich die ganze Zeit, ich bin verrückt geworden. Zwangsläufig. Bitte hilf mir.«

Ja, aber ...

»Vielleicht war es wirklich kein Zufall, dass deine Stimme ausgerechnet mich erreicht hat.«

Ja.

»Ich habe das Gefühl, du bist die Einzige, der ich die Geschichte mit Eric anvertrauen kann.«

Ja, aber …

»Heute Abend. Sprich mich heute Abend an, und ich werde dir alles erzählen. Und morgen – oder übermorgen ist mir auch recht – triffst du dich mit mir, ja?«

Es kam keine Antwort.

»Hallo, hallo!«

Sie war fort.

»Na, Kleiner«, ertönte plötzlich eine Stimme hinter ihm. Tsuneo erschrak so sehr, dass er einen Satz machte. Er hatte nicht daran gedacht, dass er vielleicht nicht allein war. Zumindest vor einem Moment war noch niemand da gewesen.

»Bist du auf Droge?«, fragte die klangvolle, tiefe Stimme.

»Nein, natürlich nicht.«

Als Tsuneo sich umwandte, sah er einen etwa sechzigjährigen Mann im Anzug auf der Einfriedung des Blumenbeets direkt hinter seiner Bank sitzen. Da er im ersten Moment mit einem Penner gerechnet hatte, überraschte ihn das gepflegte Äußere des Mannes.

»Weil du so verzückt mit dir selbst gesprochen hast.« Der Mann lächelte.

»Das habe ich gar nicht gemerkt.« Tsuneo lächelte säuerlich und stand auf.

»Bist du nicht noch zu jung für so was?«

»Auch in Ihrem Alter sollte man die Finger von Drogen lassen«, erwiderte Tsuneo schroff und schlug den Weg zur Unterführung ein.

»In meinem Alter hat man nichts mehr zu fürchten. Da kann man machen, was man will.« Triumphierend lachte der Alte hinter Tsuneo her.

12

Tsuneo erschrak: Wieder hatte er laut gesprochen, ohne es zu merken. Er hatte sich zwar erst für den Abend mit der Frau verabredet, aber es drängte ihn, ihr sofort von Eric zu erzählen, sich mit ihr zu treffen und endlich die Gewissheit zu erlangen, dass er sich nicht alles nur einbildete. Er versuchte es in der Bahn, bekam aber keine Antwort.

Auch zu Hause rief er innerlich mehrmals nach ihr, doch ohne Erfolg.

Er ging in einen Supermarkt, um sich zum Abendessen ein Bento, ein abgepacktes Menü, zu holen. Ununterbrochen lauschte er.

Als das Telefon schrillte, sprang er auf. Es war Saito, der wissen wollte, wie es ihm ging.

»Ich wollte heute Morgen bei Ihnen vorbeischauen, aber Sie waren gerade im Justizministerium unterwegs.«

»Komm doch morgen Abend so gegen sechs Uhr zu uns. Wir sollten den kommenden Sonntag nicht unnütz verstreichen lassen, denn die Woche darauf bin ich dienstlich in Fukuoka.«

»Natürlich. Sehr gern.«

»Yoshie will möglichst rasch eine eindeutige Antwort haben. Wenn du also nicht völlig abgeneigt bist, ist meine Frau bereit, mit allen zu sprechen, um eure Verlobung zu retten.«

»Aber ich war es doch, der den ganzen Schlamassel verursacht hat.«

»Schon, aber eigentlich hast du ja nichts Schlimmes getan. Nichts, weshalb man eine Verlobung gleich lösen müsste. Yoshie hatte ja auch lange niemanden gefunden. Jetzt ist sie zwar verärgert, aber meine Frau meint, mit etwas diplomatischem Geschick kann sie die Sache wieder hinbiegen.«

»Wäre es nicht besser, ich würde Yoshie den Ring überlassen – sozusagen als Entschädigung – und wir vergessen die ganze Sache?«

»Warum so schnell aufgeben?«

»Ich habe kein Selbstvertrauen mehr.«

»Also gut. Komm morgen zum Abendessen, und wir reden in aller Ruhe darüber.«

»Vielen Dank.«

»Und wegen dem Ring … Yoshie war heute Morgen schon bei dem Juwelier in Sangenjaya und hat ihn zurückgegeben. In solchen Fällen muss man schnell handeln, sonst erstattet der Händler nicht den vollen Preis. Yoshie ist sehr versiert in diesen Dingen. Deshalb dachte ich auch, sie wäre eine gute Partie für dich. Jetzt hat meine Frau deine dreihunderttausend Yen. Ist das richtig: Yoshie hatte zweihunderttausend beigesteuert?«

»Das ist richtig.«

»Sie möchte dir deinen Anteil zurückgeben. Sie will keine Abfindung. Sie hat wohl viel geweint und möchte die Verlobung lösen.«

»Ich verstehe.«

»Sie ist ein vernünftiges Mädchen. Meine Frau meint,

wenn sich die erste Aufregung gelegt hat, gibt es vielleicht doch noch eine Chance.«

»In Ordnung. Dann komme ich morgen zu Ihnen.«

Von Erschöpfung übermannt, warf sich Tsuneo aufs Bett. Hatte Yoshie es nicht ungewöhnlich eilig gehabt, den Ring zurückzugeben? Immerhin war die Verlobung erst gestern gewesen. War ihr denn sein Benehmen bei der Verlobungszeremonie so beängstigend und absurd erschienen, dass sie den Gedanken an eine Ehe mit ihm sofort aufgegeben hatte?

»Sie ist eben ein sehr gewöhnlicher Mensch«, sagte er laut vor sich hin. O nein, Selbstgespräche, das war nicht gut. Er musste sich davor hüten, sonst würde er noch wirklich verrückt.

Es war schon nach elf, als Tsuneo endlich ein leises *Hallo* vernahm.

»Endlich! Ich habe so auf dich gewartet!«

Tsuneo setzte sich im Bett auf.

Wirklich?

»Ja, wirklich. Ich habe dich sogar mehrmals gerufen. Hast du mich nicht gehört?«

Doch ...

»Warum hast du nicht geantwortet?«

Ich war mir unschlüssig.

»Weshalb?«

Ich konnte mich nicht entscheiden, ob ich mich mit dir treffen soll oder nicht.

»Aber nun wirst du dich mit mir treffen, oder?«

...

»Bitte, hör dir die Geschichte von Eric an.«

Gut. Dann morgen um halb vier, vor der Mullion-Uhr in Yurakucho.

»Danke. Und glaub mir: Ich habe im Augenblick nicht den Wunsch, mit dir zu flirten. Meine Gefühle sind nicht stark genug. Wir kennen uns ja erst seit kurzem. Ich möchte mich einfach vergewissern, dass du wirklich existierst. Und wenn ich dir erst von Eric erzähle, fühle ich mich dir vielleicht näher.«

Dann fang an.

»Bitte?«

Du sollst mir von Eric erzählen.

»Ja, aber vorher möchte noch ins Bad.«

Nun fang schon an!

»Ich könnte natürlich auch im Bad mit dir sprechen, aber das möchte ich nicht.«

Dann warte ich eben.

»Also gut. Ich war damals gerade durch die Aufnahmeprüfung für die Universität gefallen.«

Wann war das?

»Vor etwa zehn Jahren.«

Aha.

»Auch im Jahr darauf schaffte ich es nicht. Vielleicht hatte ich mein Ziel zu hoch gesteckt.«

Gehst du doch nicht ins Bad?

»Ich habe Angst, dass du dann fort bist.«

Keine Angst: Ich gehe nicht weg.

»Denk dran: Morgen um halb vier.«

Sie lachte leise.

13

Das heißt also, ich hatte zwei Jahre lang keinen Studienplatz. Mein Vater nahm es hin. Zu der Zeit hatte er gerade seine jetzige Frau kennengelernt und machte sich um mich nicht allzu viele Sorgen. Aber mir selbst ging irgendwie die Luft aus. Im Nachhinein betrachtet, war ich wohl einfach ausgelaugt, aber damals dachte ich nur, was wahrscheinlich die meisten in einer solchen Situation denken: Wofür rackere ich mich hier eigentlich ab ab? Am Ende schaffe ich mit Ach und Krach das Examen, nur um irgendeinen Job bei einer Firma zu bekommen ... und dann geht der Konkurrenzkampf erst richtig los. Was für ein erbärmliches Dasein ... Und so weiter ... und so weiter ...

Ich war vielleicht nicht gerade ein Prüfungsass, aber auch nicht dümmer als andere. Und doch würden meine wahren Talente während meiner Ausbildung keine Rolle spielen. Ich sehnte mich danach, in einer Gesellschaft zu leben, die einen nicht nach den schulischen Leistungen oder dem Arbeitsplatz beurteilte, sondern als Mensch. Ich wollte herausfinden, was ich in einer solchen Welt erreichen konnte.

Vom Frühsommer bis zum Spätherbst dieses zweiten Jahres ohne Studienplatz gelang es mir, durch verschiedene Jobs etwa vierhunderttausend Yen beiseitezulegen. Ich bat meinen Vater um zusätzliche fünfhunderttausend, da ich mich entschlossen hatte, anstelle eines Studiums nach Amerika zu gehen.

Im darauffolgenden Winter setzte ich meinen Plan in die Tat um und flog nach Los Angeles. Ich war damals zwanzig Jahre alt. Ich meldete mich in einer Sprachschule an und lernte schneller Englisch als die meisten. Währenddessen jobbte ich in einem Fastfood-Lokal, das einem Japaner gehörte. Meine Aufgabe war es, in Büros Bestellungen aufzunehmen und mittags das Essen auszuliefern. Dabei verdiente ich besser als ein Tellerwäscher, auch wenn eine solche Arbeit nicht einfach ist für jemanden, der erst wenige Monate in Amerika lebt. Doch ich kannte mich bald gut aus und hatte keine Schwierigkeiten, mir die Namen der Kunden zu merken. Wenn meine kleinen Scherze bei den Amerikanern ankamen, war ich stolz und fühlte mich bestätigt. Das stärkte mein Selbstwertgefühl, und bald empfand ich ein Selbstvertrauen, das ich in Japan nicht gekannt hatte. Ich beglückwünschte mich zu meiner Entscheidung, nach Amerika zu gehen.

Wie zu erwarten hielt meine Begeisterung keine drei Monate an. Auch wenn ich einen guten Orientierungssinn besaß und mir hin und wieder ein Witz gelang, war all dies für die meisten Amerikaner eine Kleinigkeit. Niemand bot mir deshalb die Stelle eines Direktors mit Vorzimmerdame an.

Lange Zeit lebte ich von der Hand in den Mund, ohne Perspektive. Eines Tages entging ich nur knapp einer Razzia, bei der illegale japanische Arbeitskräfte festgenommen wurden. Ich hatte in solchen Situationen oft Glück. Zuweilen war ich richtig niedergeschlagen deswegen. Denn obwohl ich begabter zu sein schien als andere und oft auch Glück hatte, besaß ich eben letztendlich kein wirklich großes Talent und auch nicht das große Glück. Trotzdem war ich froh, dass man mich nicht festgenommen hatte.

Nach weniger als einem Jahr zog ich nach San Francisco. Ich fand einen Job bei einem Duty-free-Shop, der etwas abseits lag, und sollte japanische Touristen anschleppen. Ich wollte mein Leben ändern, aber viel änderte sich nicht. Bald genoss ich einen gewissen Ruf als Kundenfänger, nur war das auch kein Beruf mit Zukunft. Zweimal wurde ich abgeworben und wechselte den Arbeitgeber. Hin und wieder lernte ich ein Mädchen kennen, das zu mir zog. Nicht, dass dieses Leben mir gar keinen Spaß machte, aber wenn ich heute darauf zurückblicke, erscheint es mir hohl und banal.

Im Innersten war ich zutiefst deprimiert. Die Befürchtung, dass es für immer so weitergehen würde, setzte mir zu.

Irgendwann fragte mich einer meiner Bekannten, ein Koch, ob ich nicht Lust hätte, für ein japanisches Restaurant zu arbeiten, das in Portland eröffnet werden sollte. Das Restaurant wurde von ihm und einem zweiten Mann finanziert, der sein Geld mit dem Export amerikanischer Artikel nach Japan verdiente, wo sie von einer Ladenkette verkauft wurden, die in erste Linie Jugendliche ansprach. Es gab etwa zwölf dieser Läden zwischen Sendai und Fukuoka. Der Koch, der Mitbesitzer des Restaurants sein würde, meinte, ein weiteres japanisches Restaurant in Los Angeles oder San Francisco würde sich kaum lohnen, aber in Portland seien die Erfolgsaussichten besser.

Ich sollte Geschäftsführer werden. Meinen Einwand, dass das mit einem Studentenvisum ziemlich riskant sei, wischte er beiseite. Keiner würde so genau hinsehen. Die Bezahlung war ausgezeichnet und verlockte mich. Zuerst hieß es, ich müsste japanische Touristen von der Straße holen wie bei dem Job im Duty-free-Shop, da der Standort nicht der beste sei. Das beruhigte mich etwas, und ich sagte zu. Ein bisschen unbehaglich war mir schon zu Mute, aber mein Wunsch, San Francisco zu verlassen, war stärker.

Portland in Oregon war eine hübsche Stadt, beschaulich und angenehm. Der Koch und ich freuten uns, dass das Personal in unserem Hotel nicht so aggressiv und gehetzt war wie in den Großstädten, die wir kannten.

Aber die Sache hatte einen Haken: Wir hatten keine Nachricht von dem Geschäftsmann, der eigentlich vor uns hätte eintreffen sollen, und unter der Telefonnummer, die er uns gegeben hatte, meldete sich niemand.

Als wir am nächsten Tag die Räumlichkeiten, die bereits fast fertig sein sollten, besichtigen wollten, fanden wir unter der Adresse nur einen Parkplatz. Wir suchten mehrmals den ganzen Block ab und mussten uns schließlich eingestehen, dass man uns betrogen hatte. Der Koch war zwar bereits Mitte dreißig, aber es stellte sich heraus, dass er ein unglaublich naiver Mann war. Allerdings galt das Gleiche auch für mich, denn ich hatte seine Geschichte unbesehen geglaubt.

Es war ein schwerer Schlag für den Koch. Er war sechs Jahre zuvor nach San Francisco gekommen und hatte den größten Teil seiner Ersparnisse in das Geschäft gesteckt. Auf dem Parkplatz hatte er – wenn auch kreidebleich – noch tapfer gelacht, aber als wir zu Mittag aßen, bekam er keinen Bissen runter. Wir verließen das Restaurant und waren kaum einen Block gegangen, als er plötzlich zusammenbrach und heftig mit dem Kopf auf dem Pflaster aufschlug.

Ich hatte noch etwas Geld übrig, und so zogen wir in eine billige Absteige, in der der Koch und ich etwa zwei Wochen zusammenwohnten. Unterdessen fand ich eine Stelle als Tellerwäscher. Der Koch klagte über ständige Kopfschmerzen und arbeitete nicht. Er wütete und tobte die ganze Zeit, er wolle sich an dem Mann rächen, der uns betrogen hatte. Irgendwann schaffte ich es nicht mehr, höflich zu bleiben, wir bekamen Streit, und er ging.

Etwa einen Monat später hatte ich ein bisschen Glück und ziemlich viel Pech. Allerdings war das Gute nahezu bedeutungslos, während das Schlechte etwa zwanzig- oder dreißigmal so schwer wog.

Es war Ende März. Ich hatte gerade mein Zimmer in der Absteige verlassen und wollte mich auf den Weg zur Arbeit machen, als zwei Schwarze den Raum betraten. So ungehindert, wie man durch eine automatische Tür geht. Fast beiläufig schlugen sie mich nieder, als würden sie Spinnweben beiseitewischen; sie traten mich in die Seiten und den Rücken, ehe ich nur den Mund aufmachen konnte.

Als ich wieder zu mir kam, war mein ganzes Geld bis

auf den letzten Cent verschwunden. Mein linkes Auge war zugeschwollen, im Mund hatte ich den Geschmack von Blut. Der Rücken und das rechte Bein taten mir weh. Wahrscheinlich hatte ich noch Glück, dass sie mich nicht mit Messern angegriffen hatten. Ich torkelte nach draußen. Zur Polizei zu gehen, wäre nicht ratsam, das war mir klar. Damit brauchte ich meine Zeit nicht zu verschwenden. Da ich nun keinen Cent mehr besaß, konnte ich aber meiner Arbeit nicht fernbleiben. Wenigstens war ich kein Kellner, denn ein Tellerwäscher mit geschwollener Visage stört die Gäste nicht. Das rechte Bein nachziehend machte ich mich auf den Weg zum Restaurant.

In dem viel zu teuren Hotel wohnte ich nur, weil ich kein Auto hatte, sonst hätte ich mir ein preiswertes Zimmer in der Vorstadt gemietet. Aber der öffentliche Bus fuhr selten und machte große Umwege, weshalb eine Fahrt, für die man mit dem Auto fünf Minuten brauchte, eine halbe Stunde dauerte. Für mich war es also günstiger, in einem Hotel zu wohnen, das in der Nähe meines Arbeitsplatzes lag.

Das Glück stellte sich unmittelbar nach dem Überfall ein. Wie schon in Los Angeles entkam ich auch in Portland nur knapp einer Razzia der Ausländerbehörde. Das hatte ich den beiden Schwarzen zu verdanken. Als ich in die Nähe des Restaurants kam, sah ich, wie die Beamten gerade dabei waren, meine Kollegen durch die weit offenen Hecktüren in einen großen Polizeibus zu verfrachten.

Ich machte auf dem Absatz kehrt. An diesem Tag bekam ich kein Abendessen und natürlich am nächsten Morgen auch kein Frühstück. Zumindest hatte ich das Zimmer für eine Woche im Voraus bezahlt und konnte noch drei Tage bleiben. Drei Tage ohne Essen, das war allerdings schwer auszuhalten. Doch so kurz nach einer Razzia würde ich sicher nicht so bald wieder einen Job finden.

Ich musste versuchen, mich so wenig wie möglich zu bewegen und viel zu schlafen. An mehr dachte ich nicht. Wieder im Hotel, fiel ich ins Bett und schloss die Augen, ohne mir Gedanken über meine Zukunft zu machen.

Aber lange konnte ich nicht tatenlos bleiben. Gleich am nächsten Tag ging ich auf Jobsuche. Wie erwartet bekam ich überall nur die Antwort, dass man in der nächsten Zeit nicht vorhabe, jemanden einzustellen. Ich schluckte meinen Stolz hinunter, ging zu dem japanischen Restaurant, in dem ich bis zum Tag zuvor noch gearbeitet hatte, und bat um ein Darlehen von fünfzig Dollar. Ich war so hungrig, dass ich zu allem bereit war. Am Ende gaben sie mir zehn Dollar.«

Tsuneo machte eine Pause.

»Die Vorgeschichte ist etwas lang ausgefallen. Jedenfalls begegnete ich am nächsten Morgen zum ersten Mal Eric. Konntest du mir folgen?«

Ja, natürlich, das ist ungeheuer spannend.

»Musst du nicht mal zur Toilette?«

Du gehst ziemlich oft, oder?

»Nein, nein, schon in Ordnung. Ich würde nur gern einen Schluck Wasser trinken.«

Nur zu. Dann esse ich ein Stück von der Schokolade, die gerade vor mir liegt.

14

Im Zentrum von Portland gibt es einen Platz namens Pioneer Square. Man nennt ihn auch Courthouse Square, weil das Gerichtsgebäude dort steht. Der Morgen graute schon. Wie viel Uhr es genau war, weiß ich nicht, aber es war die Zeit, in der sich, noch ganz schwach, das Licht ausbreitet und die Straßenlaternen so aussehen, als wären sie kurz davor wegzudösen. Der Platz war verwaist. Ich saß in einer Ecke auf einer Treppe.

Seit einiger Zeit schlief ich sehr schlecht. Wenn ich keinen Schlaf fand, ging ich ins Freie und schlenderte durch die noch dunklen Straßen, obwohl das nicht gerade ratsam schien. Es bestand immerhin die Gefahr, dass eine Polizeistreife auf mich aufmerksam wurde. Aber ich hatte eine Art Klaustrophobie entwickelt und hielt es deshalb im Hotelzimmer nicht aus. Sobald ich im Bett lag, kroch eine unbestimmte Angst in mir hoch, bis ich kaum noch atmen konnte.

Nun saß ich völlig ausgelaugt auf den Stufen, mir war alles egal. Außer meinem Leben hatte ich nichts mehr zu verlieren, und wer es mir nehmen wollte, sollte es ruhig tun. Ich fror entsetzlich, aber in mein Zimmer wollte ich auch nicht zurück.

Als Eric an diesem Morgen den Platz betrat, kam er vom

Fluss, den man jedoch vom Platz aus nicht sehen konnte. Er kam vom Stadtrand, wo die Willamette floss und nicht von der Seite der Berge. Mehr will ich damit nicht sagen.

Er hatte braunes Haar, lange Beine und ging etwas gebeugt. In Wirklichkeit war er genau vierzig Jahre alt, aber auf einen Japaner musste er wie mindestens Mitte vierzig wirken. Er trug ein etwas abgetragenes beigefarbenes Jackett, dazu einen langen braunen Kaschmirschal und kam mit gesenktem Blick auf mich zu. Dass es ein Kaschmirschal war, stellte ich erst später fest. Damals dachte ich nur, dass Eric weder wie ein Polizist noch wie ein Gangster aussah.

Er überquerte schräg den Platz. Es machte nicht den Eindruck, als hätte er mich gesehen. Gedankenversunken kam er mit großen Schritten auf mich zu. Etwa fünf Meter von mir entfernt bog er in Richtung der Berge ab und verließ den Platz, ohne mich auch nur einmal anzuschauen.

Dachte ich. Aber in Wirklichkeit hatte Eric mich gesehen. »Ich bin ein Meister der unauffälligen Beobachtung«, sagte er mir später und lachte. Die Szene sei ihm wie ein Traum erschienen. Ein asiatischer Junge, der ganz allein in der Morgendämmerung auf dem Platz saß. »Es sah irgendwie unwirklich aus. Nimm's mir nicht übel, aber ich hatte das Gefühl, etwas sehr Hilfloses und Schönes zu sehen.«

Allerdings war Eric ziemlich kurzsichtig. Ich war schließlich kein Junge mehr, sondern bereits zweiundzwanzig Jahre alt. Außerdem war mein linkes Auge geschwollen, und ich sah total fertig aus. Kein schöner Anblick. Nur mit der Hilflosigkeit, da hatte er den Nagel auf den Kopf getroffen.

Ich hörte, wie seine Schritte, die sich gerade entfernt hatten, wieder näher kamen. Mir brach der Schweiß aus. Schon wieder drohte mir Unheil. Doch fehlte mir die Kraft aufzuspringen und davonzulaufen. Vielleicht lag es auch daran, wie er aussah: Er machte keinen brutalen Eindruck.

›Ist alles bei dir alles in Ordnung?‹, sprach er mich an, ›Oder hast du Probleme?‹

›Nein‹, sagte ich sofort und wandte mich ihm zu. ›Ich mache einen Morgenspaziergang. Alles bestens. Danke.‹

›Keine Ursache. Ich laufe auch nur ein bisschen herum, weil ich nicht schlafen kann.‹

Er stand sieben oder acht Meter von mir entfernt und lächelte. Dann ging er mit großen Schritten weiter.

›Was redest du denn da?‹, sagte ich zu mir selbst. ›Alles bestens? Du steckst bis zum Hals in Schwierigkeiten und weißt weder aus noch ein. Da kommt ein Mann und bietet dir quasi seine Hilfe an. So ein Glück hat man nur einmal im Leben. Und du schlägst es aus falschem Stolz aus.‹

Ich stand auf und spähte in die Richtung, in die Eric gegangen war. Er war nicht mehr zu sehen. Mich überkam das Gefühl, eine einmalige Gelegenheit unwiderruflich verpasst zu haben, und ich fing an zu rennen. Als ich um eine Ecke bog, sah ich, wie der Mann mit großen Schritten eine graue, menschenleere Straße entlangging.

›Entschuldigen Sie!‹, rief ich.

Er drehte sich um, und ich lief zu ihm. ›Eigentlich stecke ich bis zum Hals in Schwierigkeiten‹, stieß ich keuchend hervor, obwohl ich gar nicht lange gerannt war.

Eric handelte mit Antiquitäten. Er hatte sich auf elektrische Lampen spezialisiert. Sein Laden war nur etwa dreieinhalb Meter breit, reichte aber tief in das Gebäude hinein. Vielleicht hatte Eric ihn nach einem alten Geschäft in London gestaltet. Er war jedoch nicht verstaubt, die Tapeten waren neu und sauber, und die goldenen Lettern auf der Fensterscheibe waren noch nicht abgeblättert. Das Fehlen jeglicher Patina erinnerte mich an die Bauten in Disneyland, die das 19. Jahrhundert imitierten, aber Eric gefiel der Laden so, wie er war, und er pflegte ihn liebevoll. Im ersten Stock hatte er ein Wohnzimmer, eine Küche und zwei Schlafzimmer. Eric lebte allein.

Er führte mich durch den dunklen Laden, die Treppe hinauf ins Wohnzimmer. Er wolle frühstücken. Ob ich auch Hunger hätte?

Ich tat nicht mehr so, als ginge es mir gut. Unterwegs erzählte ich ihm hastig und in meinem schlechten Englisch, wie ich beraubt worden war und meinen Job verloren hatte. Ich bat ihn sogar um Arbeit.

›Zuerst möchte ich dir ein paar Fragen stellen‹, sagte er. ›Aber davor frühstücken wir.‹

Wir gingen in die Küche, und er briet vier Eier. Dazu gab es Tee und Cornflakes mit Milch. Amerikaner lieben Cornflakes. Da ich mich auch nach zwei Jahren noch nicht daran gewöhnt hatte, hätte ich eigentlich lieber Brot gegessen, aber ich durfte nicht anspruchsvoll sein. Seine Freundlichkeit überwältigte und rührte mich. Ich war ein bisschen beschämt und sehr, sehr dankbar.

Als wir beim Frühstück waren, begann Eric zu lachen.

›Wenn ich es mir recht überlege‹, sagte er, ›habe ich nur eine einzige Frage an dich. Kann ich sie dir gleich stellen?‹

›Ja, bitte.‹ Ich setzte ein breites Lächeln auf.

›Wie heißt du?‹ *What is your name?* Er brach in lautes Gelächter aus, als hätte er einen guten Witz erzählt.

›Tsuh – neh – oh? Darf ich dich Chuney nennen?‹

›Klar.‹ Mir war alles egal, Hauptsache, er gab mir Arbeit.

›Das trifft sich ausgezeichnet. Die Hilfskraft, die zwei Jahre lang bei mir war, hat gerade aufgehört. Du kannst in dem zweiten Zimmer schlafen. Essen können wir zusammen, wenn du willst. An Samstagnachmittagen und sonntags hast du frei. Ich habe am Cannon Beach ein kleines Haus, in dem ich die Wochenenden verbringe, aber nicht, um allein zu sein. Wenn du willst, kannst du also gern mitkommen. Je nach Lust und Laune. Für den Anfang wirst du saubermachen, waschen und kochen. Mit der Zeit werde ich dich im Laden anlernen. Dann zahle ich dir etwas mehr. Im Moment ist es noch nicht so viel, aber du bekommst Kost und Logis frei.‹

Der Wochenlohn, den er mir anbot, war so hoch, dass ich glaubte, er habe sich geirrt, und unwillkürlich noch einmal nachfragte. Als er mir die Summe bestätigte, konnte ich mein Glück kaum fassen.

Eric war ein sympathischer Mensch.

Wenn keine Kunden im Laden waren, begeisterte er sich an seinen Antiquitäten, die für mich eigentlich nur wie alte, überladene, kitschige Glitzerlampen aussahen. Er liebte altmodische Sänger wie Frank Sinatra oder Tony Bennett, und wenn er ausnahmsweise einmal klassische Musik auflegte, war es Tschaikowsky. Am Anfang kam mir das alles recht seltsam vor, doch mit der Zeit merkte ich, dass es genau diese Dinge waren, die Erics Charme ausmachten.

Seine Liebe zu Tschaikowsky ging tief. Er besaß unglaublich viele Platten mit verschiedenen Interpretationen seiner Stücke. Zuerst hörte ich mehr oder weniger nur aus Höflichkeit mit, aber irgendwann wurde mir klar, dass ich das Violinkonzert von Tschaikowsky nie richtig gehört hatte, und nach einem Monat war ich Tschaikowsky-Fan. Das Gleiche galt übrigens auch für Sinatra und Bennett. Bei näherem Hinhören begriff ich, dass sie großartige Sänger waren. Ich lernte, dass sie im Vergleich zu modernem Jazz und zu Rockmusik einen eigenen, reifen Charme hatten. Und die Lampen, die mir am Anfang so billig und kitschig erschienen waren, passten eigentlich ganz wunderbar in altertümliche europäische Räume. Wie oberflächlich und einfältig mein Geschmack doch gewesen war! Eric war ein phantastischer Lehrer. Nach sechs Wochen war ich ihm komplett verfallen. Gemälde, die ich schon so oft in Lehrbüchern gesehen hatte, dass ich nie auf die Idee gekommen wäre, sie mir freiwillig noch einmal anzuschauen, betrachtete ich durch seine Augen in einem ganz neuen Licht. Sogar den abgedroschensten Gedichten von Walt Whitman oder sogar *Rip Van Winkle* vermochte Eric neues Leben einzuhauchen.

Natürlich arbeiteten wir die meiste Zeit der Woche, und da das Geschäft gut lief, hatten wir für solche Gespräche höchstens zwei Stunden am Abend, wenn wir im Wohnzimmer beisammensaßen. Aber diese Gelegenheit versäumte Eric fast nie. Vielleicht spornte mein Interesse ihn an. Ich hatte sogar das Gefühl, dass er morgens etwas vorbereitete, mit dem er mich abends überraschen konnte, und freute mich immer darauf.

An den Wochenenden fuhren wir nach Cannon Beach, das etwa zwei Autostunden westlich von Portland am Pazifik lag. Große Felsen ragten aus dem Wasser, die man bei Ebbe zu Fuß erreichen konnte, und es kletterten oft Leute darauf herum. Es wimmelte von Möwen.

Erics kleines Haus stand auf einer Klippe am Meer, die aber nicht sehr hoch war. Warf man eine Handvoll Kartoffelchips auf die Veranda, kamen Dutzende von Möwen, und die Chips waren im Nu verschwunden. Danach kreisten die Vögel in der Hoffnung auf mehr noch eine Weile über der Veranda.

Die Sammlung von Schallplatten, die Eric hier aufbewahrte, war riesig. Besonders viel bedeuteten ihm irgendwelche dreißig oder vierzig Jahre alten Liebeslieder von mir unbekannten Sängern, und er hatte auch Schumann oder Brahms, aber keine Musik aus den Charts. Er hasste CDs, die damals noch ganz neu auf den Markt waren. Alte Liebeslieder, sagte er, seien ohne das Kratzen der Nadel keinen Cent wert.

Rückblickend weiß ich, dass Eric sehr vorsichtig und diskret war. Obwohl ich ihn bewunderte und jedes seiner Worte mit Interesse aufnahm, ließ er über zwei Monate verstreichen ohne den leisesten Hinweis auf seine wahren Absichten.

Dann, eines Abends, geschah es. Wir hatten Bing Crosby gehört und eine Flasche Wein getrunken. Es wurde Zeit, zu Bett zu gehen. Eric wünschte mir eine gute Nacht und schloss mich in seine Arme.

Zuerst dachte ich mir nichts dabei. Denn anders als für Japaner ist Körperkontakt für Amerikaner eine ganz alltägliche Angelegenheit. Außerdem waren wir leicht angetrunken, und ich drückte ihn sogar ein bisschen, ehe ich in mein Zimmer ging. Aber etwas seltsam war es schon. Mir schien, als habe er mich länger umarmt als allgemein üblich. Nur ganz kurz schoss mir eine Frage durch den Kopf, die ich ihm nie zu stellen gewagt hatte: »Warum bist du nicht verheiratet? Warum hast du keine Freundin?«

Drei oder vier Tage später tranken wir zusammen Brandy, und Eric sprach darüber, wie furchtbar die meisten Charaktere in den Filmen von Hitchcock seien. Kurz nach zehn Uhr beschlossen wir, uns in unsere Schlafzimmer zurückzuziehen, löschten das Licht im Wohnzimmer und gingen in den Flur. Plötzlich umarmte Eric mich und küsste mich auf den Mund. Es war kein Zungenkuss, aber ich war so erschrocken, dass ich die Lippen spitzte, was er vielleicht als Einverständnis deutete. Zum einen konnte ich mich ihm nicht entwinden oder um mich schlagen, weil er mich festhielt, aber auch Dankbarkeit, Zuneigung und Respekt hielten mich davon ab. Es war nur ein kurzer Kuss. Eric ließ mich gleich wieder los, und ehe ich mich versah, hatte seine Schlafzimmertür sich hinter ihm geschlossen.

Ich wischte mir mit dem Handrücken den Mund ab und

verspürte Brechreiz. Damit Eric mich nicht würgen hörte, lief ich gleich in mein Zimmer und schloss die Tür. Dann spuckte ich allen Speichel, den ich im Mund hatte, in ein Taschentuch. Ich hatte keinerlei Neigung dieser Art. Mir gefielen nackte Frauen.

Und dennoch drang Eric an diesem Wochenende mit seinem Penis in meinen After ein. Dabei bekam ich sogar gegen meinen Willen eine Erektion und ejakulierte.

Es war ein Schock für mich. Ich fühlte mich wie eine vergewaltigte Jungfrau und blieb den ganzen Sonntag im Bett, unfähig, mich zu bewegen, auch wenn ich diese Reaktion ziemlich armselig und schäbig fand.

Eric war sehr lieb. Er versuchte, sich mit keinem Wort zu rechtfertigen. Er machte Frühstück und Mittagessen für mich und brachte es mir ans Bett. Ich drehte den Kopf weg. Als es Zeit zum Abendessen wurde, setzte ich mich mit unverbindlicher Miene an den Tisch, da es mir zu erbärmlich vorkam, ewig im Bett zu liegen und zu schmollen. Das hätte ich nicht tun dürfen, wenn ich entschlossen war, Eric zurückzuweisen. Ich hätte mich von ihm verabschieden und sofort das Haus verlassen müssen.

Aber wie sollte ich ohne Auto von Cannon Beach nach Portland zurückkommen? Was mich außerdem hielt, waren meine Zuneigung zu ihm und das angenehme Leben, das ich drei Monate lang geführt hatte. Ich hatte Angst davor, wieder mittellos durch die Straßen irren zu müssen.

Eric redete mit mir und lächelte, aber ich vermied jeden Blickkontakt und nickte nur. Wenn er einen Witz machte, quälte ich mir ein Lachen ab. Am Ende fuhr ich dann doch mit ihm mit dem Auto nach Portland zurück und putzte am Montagmorgen wie gewohnt die Schaufensterscheibe.

In dieser Woche gestattete ich Eric zweimal, mit mir zu schlafen. Ich hatte keine Ahnung, wie sich die Sache entwickeln würde, ich war fassungslos und verwirrt. Ich hatte doch Japan verlassen, wo man die Menschen nach ihrer Universität und ihrer Firma beurteilte, um in einem Land zu leben, wo man wegen seiner Fähigkeiten akzeptiert wurde. Wie traurig, wenn ich als Schwuler wieder am Flughafen in Narita ankäme. Ich hatte nichts gegen Homosexuelle. Wenn es einen anständigen Menschen gab, dann war es Eric, aber die Vorstellung, von einem bärtigen Mann geküsst zu werden, der seine behaarten Beine an mich presste, war mir unerträglich. Und dennoch verließ ich Eric nicht.

Es war Juni, und er kaufte mir Sommerhemden und Turnschuhe. Auch diese Geschenke nahm ich an.

Ich hatte Angst und ärgerte mich über mich selbst. War ich nicht das Letzte? Warum ging ich nicht fort? Ich hatte zwar nicht genügend Geld, um nach Hause zu fliegen, aber durchaus genug, um nach Los Angeles zu kommen. Eric war noch liebevoller und anziehender als zuvor. Sein Gesicht erinnerte mich ein bisschen an Donald Sutherland, aber ohne dieses etwas Unheimliche, das Sutherland an sich hat.

Es verwirrte mich, dass ich Eric manchmal schön fand, wenn ich bei der Arbeit war oder wenn wir zusammen zu Abend aßen oder im Wohnzimmer Schallplatten hörten. Wenn ich so weitermachte, würde ich auch bald schwul sein, das war meine größte Befürchtung.

Das nächste Wochenende kam. Am Samstagnachmittag fuhren wir wieder nach Cannon Beach.

Eric hatte mir gesagt, wie sehr er sich auf dieses Wochenende freute, und er wolle niemanden zu etwas zwingen. Das hieß wohl, er erwartete, dass ich ihn von mir aus in die Arme nahm, etwas aktiver wurde und nicht alles nur über mich ergehen ließ wie eine Puppe. Das konnte ich auf keinen Fall über mich bringen. Und doch würde ich mich vermutlich fügen. Vielleicht noch nicht an diesem Wochenende, aber ich spürte, dass es schon ein Wochenende später dazu kommen könnte.

Die Straße nach Cannon Beach führt nicht an der Küste entlang, man fährt fast die ganze Zeit durch einen Wald, dessen hohe Nadelbäume zu beiden Seiten aufragen. Die Fahrt war eintönig. Es war bewölkt, und der Wetterbericht im Radio kündigte Regen an. Es regnete häufig dort. Wir würden nicht an den Strand gehen. Das ganze Wochenende mit Eric im Haus eingeschlossen – was erwartete mich? Ich hatte Angst. Vor Eric natürlich, aber noch mehr vor mir selbst. Nie hätte ich es für möglich gehalten, dass ich einmal mit einem Mann zusammenleben würde.

Ich wünschte mir, irgendeine höhere Gewalt – ein Erdbeben, ein Feuer oder ein Autounfall – würde allem ein Ende bereiten. Eric fuhr, und ich unterdrückte den Drang, ihm ins Steuer zu greifen, um den Wagen gegen einen Baum zu lenken.

Natürlich waren das nur die Hirngespinste eines Feiglings. Wir erreichten Cannon Beach ohne Zwischenfall und hielten vor Erics kleinem Haus.

Er schloss auf, und ich folgte ihm mit einem Karton voller Lebensmittel und Bier. Als ich ihn auf dem Küchentisch abstellte, umarmte Eric mich von hinten. Er küsste meinen Nacken, drehte mich zu sich herum und steckte seine Zunge in meinen Mund. Ich stieß ihn weg. ›Ich will nach Seaside‹, sagte ich. Seaside war ein kleiner Ort, etwa zwanzig Autominuten von Cannon Beach entfernt.

›Warum?‹, fragte Eric etwas unwirsch.

›Ich muss etwas kaufen.‹

›Aber was denn? In Seaside gibt es nichts zu kaufen.‹

›Trotzdem‹, beharrte ich stur. ›Ich will nur kurz mal hinfahren. Muss ich dir immer genau sagen, was ich kaufen will? Es wird nicht mal eine Stunde dauern.‹

Eingeschüchtert von meinem empörten Ton gab Eric klein bei. ›Dann mache ich inzwischen Abendessen. Geh nur.‹ Er zog die Autoschlüssel aus der Hosentasche und ließ sie in meine Hand fallen. ›Aber dafür lässt du deine Umhängetasche hier, ja?‹

Unwillkürlich sah ich ihn an. In der Tasche waren mein Pass und mein Portemonnaie. Eric wich meinem Blick aus.

›Nimm so viel Geld mit, wie du für deine Einkäufe brauchst. Ich weiß, wie das klingt, aber ich bin beunruhigt. Manchmal habe ich solche Angst, du könntest weggehen.‹

Ich sah ihm an, welche Überwindung es ihn gekostet hatte, das auszusprechen.

›In Ordnung.‹ Ich nahm mein Portemonnaie aus der Tasche und leerte es über dem Tisch aus, mitsamt dem Kleingeld. Ich rechnete beinahe damit, er würde sagen, das sei nicht nötig, aber er sah schweigend zu.

›Ich nehme fünfzig Dollar mit, okay?‹

›Nimm ruhig etwas mehr ‹

›Nein, das reicht.‹

Ich hängte mir die Tasche über die Schulter und ging. Er hätte sicher gerne gefragt, warum ich die Tasche unbedingt mitnehmen wolle, sagte aber nichts. Er wollte mich nicht verärgern.

Als ich losfuhr, überkam mich das Gefühl, dass mein Plan gescheitert war. Aus einem Instinkt heraus hatte ich zwar meinen Pass behalten, aber mit fünfzig Dollar konnte ich nirgendwohin fliegen, selbst wenn ich es zum Flughafen schaffte.

Wenn ich jetzt darüber nachdenke, ist mir klar, dass ich nach Portland hätte zurückzufahren sollen. Das Geld für einen Flug hätte ich mir schon irgendwie beschafft. Ich hätte zum Beispiel meinen Vater anrufen und es mir schicken lassen können. Das tat ich später in Los Angeles auch.

Aber diese Idee kam mir gar nicht. Zum ersten Mal hasste ich Eric. Plötzlich fand ich, dass er meine Notlage ausgenutzt hatte. Indem er mich zwang, Geld und Tasche zurückzulassen, wollte er mich festhalten, mein Leben bestimmen, mich zu seinem Spielzeug machen. Ich musste etwas unternehmen. Ihm klarmachen, dass ich ihn nicht liebte, ihn nicht einmal mehr mochte, sondern hasste.

Aber mir fehlte der Mut, ihm das ins Gesicht zu sagen. Ich überlegte: Eric war naiv. Meine Worte würden ihn entsetzlich kränken. Was hatte er denn schon getan? Einen obdachlosen jungen Mann bei sich aufgenommen und sich liebevoll um ihn gekümmert. Ich scheute die direkte Konfrontation. Das Beste wäre, er würde mich verlassen. Was, wenn ich Mist bauen würde? Etwas tun, das es ihm unmöglich machte, mit mir zusammenzubleiben?

Ich war damals sehr verstört, mehr habe ich zu meiner Entschuldigung nicht vorzubringen. Es sollte nur ein kleiner Streich werden. Ich wollte ihn wütend machen, ihm das Wochenende verderben. Mehr sollte nicht passieren. Ich wollte einfach die Stimmung zerstören.

Seaside bestand zwar nur aus einer Hauptstraße, aber es gab dort ein kleines Kino, Restaurants, einen Spielsalon und eine Diskothek, und am Wochenende war hier einiges los. Überall parkten Autos.

Doch jenseits der Hauptstraße gab es keine Geschäfte, und es war menschenleer. Ich stellte den Wagen ab und rief von einem Münztelefon die Polizei an.

Der Beamte, der meine Meldung entgegennahm, klang gelangweilt. Sein Ton änderte sich auch nicht, als ich ihm sagte, dass im Haus von Eric Roob in Cannon Beach Heroin versteckt sei. ›Du hast wohl Krach mit diesem Eric Roob? Wo wohnt er denn genau?‹ Ich wiederholte die Hausnummer. Gereizt von seiner gleichgültigen Art sagte ich blöderweise: ›Haben Sie mich richtig verstanden? Das ist kein Scherz. Er hat einen ganzen Koffer voll mit Heroin. Ein paar Typen sind dabei, es unter sich aufzuteilen.‹

An einer Hamburgerbude trank ich eine Cola und ging dann zum Auto zurück. Wenn sie meinen Anruf ernst nahmen, wäre jetzt eine Polizeistreife unterwegs zu Eric. Man würde ihn zwingen, sich mit erhobenen Händen an die Wand zu stellen. Er würde in seinem typischen, etwas stockenden Ton protestieren: ›Ein paar Typen und ich? Was für ein Quatsch!‹ Auch wenn er sofort vermutete, dass ich dahintersteckte, würde er mich nicht verraten. Da im Haus kein Heroin versteckt war, würde die Polizei bald wieder verschwinden. Kurz darauf würde ich auftauchen und ihm alles sagen. Eric würde toben, und mir würde es leichterfallen, ihm zu sagen, dass ich ihm das Wochenende ruinieren wollte und unsere Affäre nicht mehr aushielt.

Ich musste meine Rückkehr sorgfältig planen, um der Polizei nicht in die Arme zu laufen. Deshalb wollte ich den Wagen lieber auf der öffentlichen Straße abstellen, denn Erics Haus war das Einzige an dem ungepflasterten Weg, der zur Klippe führte. Wenn ich dort einbog und der Polizei begegnete, könnte ich kaum leugnen, dass ich Eric kannte. Und falls der Polizist am Telefon ein bisschen auf Draht gewesen war, hatte er vielleicht auch weitergeleitet, dass der Anrufer nur gebrochen Englisch sprach und möglicherweise Japaner war. Dann würde es mir schlechter ergehen als Eric.

All diese Dinge gingen mir durch den Kopf, während ich nach Cannon Beach zurückfuhr. An der Abzweigung zu Erics Haus standen mehrere Polizeiwagen, aus denen Beamte stiegen. Im Vorbeifahren sah ich, dass es vier Wagen waren. Die Polizisten marschierten zum Haus.

Mit einem so großen Einsatz hatte ich nicht gerechnet. Aber da es kein Heroin, keine Dealer und nicht einmal einen Koffer gab, war es ausgeschlossen, dass Eric ins Gefängnis musste, selbst wenn sie das Haus gründlich durchsuchten oder ihn sogar mitnahmen. Sollte es so weit kommen, würde ich mich stellen und gestehen. Wahrscheinlich steckte ich dann ziemlich in der Klemme, aber Eric wäre gerettet. Käme es deswegen zu einer Trennung, umso besser.

Ich fuhr etwa zweihundert Meter weiter und bog in einen Weg ein, der ebenfalls zur Klippe führte. Er war gepflastert und von ein paar Häusern gesäumt. Ich parkte den Wagen kurz nach der Kurve und rannte durch das hohe Gras auf Erics Haus zu.

Ich musste mich möglichst leise bewegen. Die Polizisten trugen wahrscheinlich entsicherte Pistolen bei sich und hätten womöglich geschossen, wenn sie hörten, wie jemand sich dem Haus näherte.

Als ich nur noch siebzig oder achtzig Meter entfernt war, kroch ich auf allen vieren vorwärts. Dennoch konnte ich nicht verhindern, dass die Gräser schwankten. Ich hatte keine andere Möglichkeit, als an einem erhöhten Punkt, etwa fünfzig oder sechzig Meter vom Haus entfernt, im Gras niederzukauern und zu beobachten, war passierte.

Alles war still.

Waren die Polizisten schon im Haus? Über den wolkigen Himmel senkte sich die Abenddämmerung.

Im Wohnzimmer, das zum Meer wies, und in der Küche brannte Licht.

Plötzlich bewegte sich etwas vor dem Haus. Ich sah zwei Polizisten in gebückter Haltung zur Rückseite laufen. Das schien mir ein wenig übertrieben, aber offensichtlich hatten sie meinen Anruf ernst genommen. Immerhin ging es um einen Koffer mit Heroin und mehrere Dealer.

Zwei weitere Polizisten marschierten den Weg entlang geradewegs auf die Haustür zu. Einer von ihnen trug eine kleine Axt bei sich. Etwa, um die Tür einzuschlagen? Eric würde sowieso freiwillig öffnen, versuchte ich mich zu beruhigen.

Einer von den beiden Polizisten, er war klein und rundlich, ging voran, der größere folgte ihm mit der Axt. Der erste drehte den Kopf, offenbar auf der Suche nach einer Klingel. Aber es gab keine, man musste klopfen. Was er dann auch tat. Keine Antwort. Er klopfte noch einmal. *Eric, mach auf! Wenn du nicht aufmachst, schlagen sie die Tür mit der Axt ein.* Aber Eric reagierte nicht, dabei konnte er das Klopfen trotz des Meeresrauschens unmöglich überhört haben.

Der Polizist hämmerte nun länger und stärker gegen die Tür. Dann machte er plötzlich einen Schritt zurück.

Ehe ich mich's versah, ließ sein Kollege die Axt auf das Schloss herniedersausen. Ein lautes Krachen ertönte. Noch ein Schlag. Dann hörte ich Erics Stimme. Sie kam von draußen. ›Was machen Sie denn da!‹

An der Klippe war eine Eisenleiter installiert, an der man zum Strand gelangen konnte. Eric war vom Strand hinaufgestiegen. Als er oben war, hatte er geschrien. Fast gleichzeitig hörte ich den Knall. Ein Schuss.

Er kam nicht von den beiden Polizisten an der Haustür, sondern von einem Beamten, der sich außerhalb meiner Sichtweite befand. Plötzlich war Eric verschwunden.

»Wer hat da geschossen?«, brüllte der Kleine, der sich geduckt hatte. Der mit der Axt lag flach auf dem Boden.

Niemand rührte sich.

Ich hörte die Wellen rauschen. Die Möwen kreischten.

Welch eine friedliche Abendstimmung, wenn ich nur das, was gerade zwischen Eric und den Polizisten geschehen war, hätte vergessen können. Ich wollte alles vergessen.

Was war mit Eric passiert? Hatte die Kugel ihn gestreift? Hatte er sich vor Schreck geduckt?

Filmreif stürmten die beiden Polizisten ins Haus, gefolgt von zwei weiteren Beamten, ebenfalls in gebückter Haltung, die ich bis dahin gar nicht gesehen hatte.

Zwei weitere Polizisten näherten sich vorsichtig und mit gezückten Pistolen der Stelle, an der Eric liegen musste.

Ich erwartete, dass Eric sich nun mit erhobenen Armen aufrichten würde. Aber das tat er nicht, auch nicht, als sie ihn schon erreicht haben mussten. Ich hätte gern gesehen, wo er lag, aber das hohe Gras versperrte mir die Sicht.

Der eine Polizist ging in die Hocke, während der andere seine Pistole sinken ließ und stehend nach unten sah.

›Was ist los?‹, hörte ich jemanden fragen. Es war der Kleine von der Haustür.

Sein Kollege sah ihn an und schüttelte den Kopf. Der Kleine fluchte leise und spuckte auf die Terrasse.

Eric war tot.

15

Ich rannte zum Wagen zurück und fuhr nach Portland. Natürlich hatte ich Bedenken: Was würde passieren, wenn die Polizei Erics Wagen dort fand? Aber ich wusste nicht, ob ein Bus fuhr. Am nächsten Morgen hätte ich sicher mit der Gray Line Coast Tour zurückfahren können, allerdings hatte ich nur fünfzig Dollar. Außerdem würde die Polizei unter Umständen in Cannon Beach nach mir suchen. *Es gibt keine andere Möglichkeit,* sagte ich mehrmals laut zu mir selbst, um mir Mut zu machen und die aufkeimende Panik zu unterdrücken.

Nach etwa zwanzig Minuten Fahrt begann es zu regnen. Inzwischen war es stockfinster.

Es regnete sehr heftig, wenn auch mit Unterbrechungen. Zuerst goss es wie aus Eimern, die gezielt über mir ausgeschüttet wurden. Dann ließ der Regen auf einmal nach, um kurz darauf noch stärker auf mich herniederzuprasseln. Die Scheibenwischer waren so gut wie wirkungslos.

Ebenso unbeständig wie das Wetter war auch mein Gemütszustand. Ich musste mich beruhigen. Wenn ich jetzt einen Unfall baute, wäre alles aus. Ich musste vernünftig mit der Situation umgehen, dann würde ich mein Leben wieder in den Griff bekommen. Bloß keine Panik. Erics Tod war ein Unfall. Schuldgefühle und Verzweiflung halfen nicht weiter, schließlich hatte ich nur meine Lebensweise verteidigt. Nun musste ich meine nächsten Schritte gut überlegen und mich aus dieser Lage befreien.

Es war nach acht Uhr, als ich nach gut zwei Stunden Fahrt in Portland ankam. Jetzt musste ich zügig handeln.

Sicherheitshalber mied ich den Parkplatz, den Eric immer benutzte, und stellte den Wagen in einer etwas entfernten Seitenstraße ab. Vielleicht wartete ja schon die Polizei auf mich, nachdem ihre Kollegen in Cannon Beach sie informiert hatten. Es war ein Vabanquespiel, aber ich musste das Risiko eingehen. Wenn ich es nur nach Los Angeles schaffen könnte! Wenn ich nur etwas Geld hätte, um mich dort einige Tage über Wasser zu halten …

Ich nahm meinen Hausschlüssel aus der Tasche und machte mich im Regen auf den Weg zu Erics Laden. Als ich ungefähr einen Block entfernt war, sondierte ich kurz das Terrain. Es war niemand zu sehen. Es regnete so stark, dass ich auf weitere Vorsichtsmaßnahmen verzichtete. Ich ließ es darauf ankommen, dass die Polizei mir auflauerte. Schließlich war ich kein Einbrecher. Ich wohnte ja in dem Haus. Außerdem hatte nicht ich Eric umgebracht, ein schreckhafter Polizeibeamter hatte einfach abgedrückt, als er Eric schreien hörte. Es war ein Mord, der nicht hätte passieren dürfen. Aber wer rechnete schon mit so etwas, wenn er die Polizei anrief, um jemandem eins auszuwischen?

Ich zog das Rollgitter hoch und betrat den Laden, den Eric so geliebt hatte. Alles war in das trübe Licht der Straßenlaternen getaucht. Vielleicht kommt mir das auch nur in der Erinnerung so vor. Damals hatte ich nicht die Muße, mich in Ruhe umzuschauen. Schnurstracks eilte ich in den ersten Stock und holte den kleinen Geldbeutel, den ich in einem meiner Stiefel unter dem Bett versteckt hatte. Hundert Dollar waren darin, mein Notgroschen.

Dann suchte ich im Wohnzimmer und in Erics Schlafzimmer nach Bargeld. Mir fiel ein, dass Eric immer ein bisschen Geld im Laden versteckte. Er fand, man solle einen Einbrecher lieber etwas Beute machen lassen, damit er nicht vor Enttäuschung alles kurz und klein schlug. Ich glaube, er erzählte mir das absichtlich, um mir zu zeigen, wie sicher er war, dass sein »Chuney« ihn nicht beklauen würde. Ich hatte auch wirklich nie darüber nachgedacht, wo das Geld versteckt sein könnte. Aber jetzt suchte ich fieberhaft. Im Schreibtisch fand ich eine kaputte Rolex. Es würde schwierig sein, sie zu Geld zu machen, aber ich steckte sie trotzdem ein, für alle Fälle. Unter der Schreibzeugschale im Wohnzimmer fand ich hundert Dollar, unter dem Aschenbecher im Schlafzimmer noch einmal hundert. (Eric hatte längst aufgehört zu rauchen, aber er konnte sich von diesem großen Aschenbecher, den er aus Sorrent mitgebracht hatte, einfach nicht trennen.) Ich war erstaunt, wie leicht das Geld zu finden war und auch wie viel es war. War dies ein weiterer Ausdruck seines Vertrauens? Und nun missbrauchte ich dieses Vertrauen, ich nahm das Geld, packte meine Sachen in Erics Reisetasche und ging.

Nicht, dass ich besonders an meinen Sachen hing, ich hatte sowieso nicht viel, aber ich wollte möglichst wenig Spuren hinterlassen. Eric hatte kaum Freunde, die wenigsten wussten von mir. Ich hatte es so gewollt, denn ich fürchtete die Kontrollen der Ausländerbehörde, trotzdem frage ich mich, ob es ihm wohl peinlich war, mit einem Asiaten zusammenzuleben? Aber was sage ich? Ich habe nun wirklich kein Recht, schlecht über ihn zu reden.

Ich fuhr Erics Wagen auf seinen Stammparkplatz und übernachtete weit entfernt in einem billigen Hotel. Am nächsten Morgen verließ ich Portland mit einem der ersten Flüge.

Das war's. Das ist das Ende meiner Geschichte«, schloss Tsuneo. »Ich kehrte nach Japan zurück, um ein möglichst normales und unauffälliges Leben zu führen.«

Was machst du beruflich?, fragte die Frau. Tsuneo hatte das Gefühl, ihre Stimme schon lange nicht gehört zu haben.

»Ich bin Beamter.«

Nun verstehe ich.

»Was denn?«

Dass meine Stimme ausgerechnet dich erreicht hat.

»Jetzt musst du von dir erzählen.«

Das ist nicht nötig.

»Warum nicht? Du hast dich doch so bemüht, jemanden zu erreichen, um mit ihm sprechen zu können. Ich will dir gern zuhören.«

In dem Duty-free-Shop …

»Der Duty-free-Shop?«

Als du dort gearbeitet hast, warst du doch gut darin, Leute zu überzeugen, oder? Und aus der Sache mit Eric schließe ich, dass du ein sehr gutaussehender Mann sein musst.

»Lenk nicht ab.«

Meine Geschichte ...

»Ich höre.«

Sie schwieg.

»Natürlich kannst du sie mir auch morgen erzählen, wenn wir uns an der Mullion-Uhr treffen. Aber es würde mir helfen, sie zu hören, denn im Augenblick bin ich sehr aufgewühlt, weil ich zum ersten Mal jemandem von dieser Sache erzählt habe. Ich hatte das alles so lange verdrängt.«

Die Frau blieb stumm.

Plötzlich überkam ihn ein sonderbares, sehr intensives Gefühl. Er konnte es nicht beschreiben. Anfangs war es schwach, es fühlte sich an wie fernes Rauschen.

»Warum sagst du nichts?«, fragte Tsuneo die Frau.

Sie antwortete nicht.

Das, was er für Rauschen gehalten hatte, konnte aber auch Schluchzen sein. Kurz darauf kam es auf ihn zu, kam näher und näher.

Es war ein Kreischen und Heulen wie in einem Sturm. Im Nu hatte es ihn umfangen. Tsuneo ballte die Fäuste und biss sich auf die Lippen, er kämpfte darum, nicht weggefegt zu werden. Was war das? Was war das nur? Er stand mitten in diesem Sturm, und dennoch starrten seine weit geöffneten Augen in den Raum, in dem sich nichts rührte. Alles wirkte so unendlich vage, substanzlos und flach, wie eine Fotografie ohne Tiefenschärfe. Der Wind wirbelte unzählige Sandkörner auf und schleuderte sie peitschend gegen ihn. Tsuneo war unfähig, sich zu rühren. Er wollte schreien. Was tat sie nur? Was hatte diese Frau mit ihm vor? Was wollte sie ihm sagen?

Der Sturm verebbte. Wie erstarrt sah Tsuneo ihn in der Ferne verschwinden.

Ehe er sich's versah, versank er aufs Neue in den Tiefen seiner Gefühle. Er wusste, das klang banal, aber er fand kein anderes Wort, diesen Zustand zu beschreiben. Er empfand so tief wie nie zuvor in seinem Leben. Es schien, als seien alle vorstellbaren Gefühle in ihm eingeschlossen, und jedes einzelne war von größtmöglicher Intensität und Dichte. Es herrschte eine überwältigende Stille. Tsuneo war in einem Sumpf versunken, dessen Oberfläche zäh und reglos wie eine Ölschicht war. Ein dicker dunkler Morast aus Gefühlen, in dem sämtliche Schattierungen des Empfindens zu einem Brei vermischt waren. Es war Tsuneo unmöglich, ein einzelnes Gefühl – Wut beispielsweise oder Freude – auszumachen. Auf einmal zog der Morast sich lautlos zurück, und Tsuneo war allein. Nur die Spur eines Gefühls blieb zurück, es war sein eigenes. Es schien ihm nun sehr armselig, inhaltslos und banal.

16

Am folgenden Tag fand er sich um fünf vor drei an der Mullion-Uhr ein.

Das Mullion war ein neuer Komplex mit fünf Kinos und zwei Kaufhäusern, einer der zentralen Anziehungspunkte in dem geschäftigen Viertel Yurakucho. Das Gebäude vermittelte einen eher sterilen Eindruck, es hatte nichts an sich, das auf die dunkleren Seiten des Lebens wies. Es war sauber, austauschbar und fad.

Tsuneo hatte sich für halb vier verabredet. Anfangs wartete er unter der Uhr, die an der Außenwand des Gebäudes angebracht war, aber da er noch über ein halbe Stunde Zeit hatte, beschloss er, in eins der Kaufhäuser zu gehen.

Die Aussicht darauf, die Frau nun in Kürze tatsächlich zu treffen, machte ihm etwas Angst und ernüchterte ihn auch. Wie eine Besessene hatte sie ihn mit ihrer Stimme verfolgt, sie war ihm alles andere als geheuer. Dennoch fürchtete er sich vor einer Enttäuschung, wenn diese Frau, die ihm so geheimnisvoll erschien, plötzlich als Mensch aus Fleisch und Blut vor ihm stehen würde. Und doch musste er sie unbedingt sehen, sich vergewissern, dass er sich die Stimme nicht nur einbildete. Andernfalls würde sein Leben für immer aus den Fugen geraten.

Er trug ein hellblaues Jackett, eine etwas dunklere Hose und ein gestreiftes Hemd, aber nun fragte er sich, ob eine Krawatte nicht doch besser wäre. Er kaufte eine in dem Kaufhaus – sie kostete dreitausend Yen – und band sie um. Doch als er sich in der Toilette noch einmal im Spiegel betrachtete, erschien sie ihm zu steif. Er nahm sie wieder ab und steckte sie in die Jacketttasche. Um zwanzig nach drei stellte er sich an der Uhr auf.

Unmittelbar darunter befand sich der Eingang, deshalb stand dort niemand. Aber im näheren Umkreis hielten sich etwa fünfzehn Personen auf, die offensichtlich ebenfalls warteten. Sieben oder acht waren Frauen. Vier von ihnen etwa Mitte zwanzig. Suchend sah Tsuneo in die Runde, aber niemand erwiderte seinen Blick. Wie sollte er sie bloß finden, wenn sie ihn nicht ansprach? Plötzlich fiel ihm ein, dass sie ihn ja auch noch nie gesehen hatte.

»Hallo?« Er sendete einen stummen Ruf aus. »Bist du da? Hallo?«

Ja.

»Gott sei Dank. Welche bist du? Ich habe ein hellblaues Jackett an und trage nichts bei mir. Jetzt lege ich meine rechte Hand auf den Gürtel.«

Keine Antwort.

»Hallo? Wo bist du? Niemand schaut zu mir her. Gib mir ein Zeichen. Ich halte Ausschau nach einer Fünfundzwanzigjährigen. Sollte ich die Altersgrenze etwas großzügiger ansetzen?«

Nein.

»Welche bist du denn? Du könntest jede dieser Frauen sein. Im Grunde wirken sie alle ein bisschen einsam. – Ach, gerade geht eine. Ein Mann hat sie abgeholt. Sie sah glücklich aus, aber der Mann hat sie nicht einmal richtig angesehen.«

Es tut mir leid.

»Was?«

Ich bin nicht dort.

»Aber wo bist du dann?«

Am Springbrunnen im Hibiya-Park.

»Warum denn das?«

Es tut mir wirklich leid.

»Schon in Ordnung. In drei Minuten bin ich bei dir.«

Tsuneo war schon unterwegs. Als er sah, dass die grüne Ampel zu blinken begann, legte er einen Spurt ein und schaffte es gerade noch, die Straße zu überqueren. Er eilte Richtung Hibiya-Park. Was machte schon eine kleine Verzögerung? Er war ja selbst ziemlich aufgeregt. Und vielleicht lieber so, als ein Zusammentreffen aus heiterem Himmel. Aber ihre Rücksichtslosigkeit verdross ihn doch ein wenig. Es war wie am Abend zuvor. Wenn sie nicht über sich sprechen wollte, hätte sie es ihm ja einfach sagen können, statt diesen Wirbel zu veranstalten. Was hatte sie jetzt wohl vor?

Tsuneo rannte über den Fußgängerüberweg vor dem Imperial Hotel zum Park. Er verstand nicht, warum sie ihn so durch die Gegend scheuchte.

Als er auf dem Platz mit dem Springbrunnen ankam, sah er sich sofort an dem runden Becken um, entdeckte aber niemanden, der in Frage kam. Sein Blick fiel auf einen alten Mann. Die einzige Frau dort war eine Europäerin mit einem Kinderwagen. Eine Europäerin? War es nicht auch denkbar, dass die Frau mit der Stimme keine Japanerin war? Die hochgewachsene Frau musste seinen Blick gespürt haben, denn sie schaute kurz zu ihm hinüber. »Du bist es nicht, oder?« Er sah sie fragend an, aber sie wandte ihren Blick sofort etwas unwirsch wieder ab.

»Hallo, hier bin ich.«

Es war keine weitere Frau zu sehen, auch nicht auf einer der Bänke.

Es ist zwar ein Stückchen zu laufen, hörte er plötzlich die Stimme, *aber könntest du in Richtung Sakurada-Tor gehen?*

»Was soll das? Findest du das nicht allmählich ein bisschen unhöflich?«

Ich habe Angst, mich mit dir zu treffen.

»Mir fällt das auch nicht ganz leicht. Aber das ist doch kindisch.«

Er ging in Richtung Sakurada-Tor.

»Ich weiß kaum etwas über dich, nur dass du selten unter Menschen gehst. Vermutlich hast du dafür deine Gründe. Wie dem auch sei, ich verspreche dir, ich werde nicht erschrecken. Ich habe dich um dieses Treffen gebeten und nehme alle Schwierigkeiten in Kauf. Ich möchte mit dir zusammen sein, nicht nur mit deiner Stimme. Ich will, dass wir uns von Angesicht zu Angesicht gegenüberstehen und miteinander reden; ich will, dass wir eine Beziehung aufbauen …«

Halt, sagte die Stimme, *bitte bleib stehen.*

Tsuneo hatte die Anlage, durch die ein von Bänken und niedrigen Hecken gesäumter Spazierweg führte, fast durchquert und näherte sich dem Pfad zum Sakurada-Tor.

Dort vorn links sind Tennisplätze.

Er kannte sich aus. Das Justizministerium lag ganz in der Nähe, und er war schon öfter durch den Park gegangen.

Ich schaue den Tennisspielern zu.

»In Ordnung.« Mit weichen Knien setzte er sich in Bewegung. Er sah die Frau sofort.

Sie stand allein an dem hohen Metallzaun, der die beiden Tennisplätze vom Weg trennte, und beobachte das Spiel.

Aus der Entfernung wirkte sie jünger als fünfundzwanzig, zumindest im Profil. Sie hatte kurzes Haar und trug ein geblümtes Kleid und eine gelbe Sommerstrickjacke um die Schultern. Nein, sie hatte die Jacke an. An ihrem Arm hing eine rote Handtasche, und sie trug rote Schuhe mit hohen Absätzen. Sie sah ein bisschen aus, als käme sie vom Land.

Kannst du mir einen Gefallen tun, flüsterte die Stimme, *ich wollte schon immer einmal von einem Mann angesprochen werden. Könntest du so tun, als würden wir uns nicht kennen?*

»Na gut.«

Sie sah ganz normal aus. Wie konnte eine solche Frau so einsam sein? Sie war nicht besonders hübsch, aber sehr jung, und sie hatte schöne Beine.

Bitte, sagte sie noch einmal, *du musst so tun, als würden wir uns nicht kennen.*

»Einverstanden.«

Früher hatte er am Union Square in San Francisco jeden Tag Touristinnen angesprochen. Das war sein Job gewesen. Manchmal hatte er auch eine abgeschleppt, aber in Japan hatte er so etwas nie probiert. Also gut, wenn es sein musste. Am besten, er sah es als eine Art Spiel.

Tsuneo stellte sich neben die Frau und sah wie sie den beiden Männern beim Tennis zu.

»Interessieren Sie sich für Tennis?«, fragte er und lächelte.

»Ja«, antwortete sie, ohne jedes Misstrauen.

»Vielleicht«, ermahnte er die Frau innerlich, »solltest du nicht so vertrauensselig sein.«

Stimmt. Sie lachte trocken.

»Früher habe ich auch Tennis gespielt. Aber in Tokio ist es zu teuer. Außerdem habe ich auch gar keine Zeit.«

»Da haben Sie Recht.« Die Frau verfolgte mit den Augen den Ball.

»Wer sie wohl sind? Diese Männer meine ich. Dass sie es sich leisten können, hier zu spielen?«

»Huch!« Sie wich ein wenig zurück. Ein Ball war direkt vor ihrem Gesicht gegen den Zaun geprallt.

»Sind die schlecht!«, spottete Tsuneo leise.

»Pst, er kann Sie hören«, flüsterte die Frau und kicherte. Einer der Männer kam an den Zaun, um den Ball zu holen.

Wie war so etwas möglich? War dies wirklich die Frau, die ihm aus Einsamkeit ihre Stimme geschickt hatte? Gab sie nun vor, eine ganz normale Frau zu sein?

»Hätten Sie Lust, einen Kaffee mit mir zu trinken?«

»Im Ernst?«

»Dort hinten im Park gibt es ein Café. Wir könnten auch in Richtung Ginza gehen.«

»Ich würde gern ein Stück gehen.«

»Dann gehen wir.«

Als Tsuneo sich in Richtung der Kreuzung Hibiya auf den Weg machte, lief sie sofort neben ihm her.

»Es ist seltsam«, sagte er, »dass ich Ihren Namen noch nicht kenne.«

»Meinen Namen?« Die Frau wirkte verdutzt.

»Ja, ich würde gern Ihren Namen wissen.«

»Ich heiße Suzuki. Läuft das nicht normalerweise anders?«

»Was?«

»Ist das so üblich, dass man eine Frau gleich zu Anfang nach ihrem Namen fragt?«

»Das weiß ich nicht, aber ich wollte ihn gern wissen. Suzuki also. Und mit Vornamen?«

»Reiko.«

»Mit den Zeichen für ›schönes Mädchen‹ geschrieben?«

»Volltreffer!«, sagte sie und lachte.

Tsuneo erbleichte. »Wo bist du?«, rief er in seinem Inneren. »Das bist du nicht.«

»Offen gesagt, kenne ich mich in Tokio gar nicht aus«, plapperte die Frau, die Reiko hieß.

Die Frau mit der Stimme blieb stumm.

»Entschuldigen Sie, aber Sie kennen mich nicht, oder?«

»Wie meinen Sie das?«

»Kennen Sie das Haiku ›Wende dich mir zu‹?« Eine dumme Frage, aber er war furchtbar aufgeregt.

»Was für ein Haiku?«

»Entschuldigen Sie, mir ist gerade etwas Wichtiges eingefallen. Ich kann Sie leider nicht weiter begleiten.«

Kaum hatte er zu Ende gesprochen, rannte er auch schon in Richtung der Tennisplätze davon.

Die Frau mit der Stimme hatte sie bestimmt beobachtet. Sie musste ganz in der Nähe sein. Warum tat sie ihm das an? Schleppte ihn hierher und schickte ihn dann zu einer wildfremden Frau. Nicht zu fassen.

In der Nähe der Tennisplätze war sonst niemand gewesen. Aber sie musste doch irgendwo sein, von wo sie Tsuneo am Zaun beobachten konnte. Es war niemand zu sehen.

In dem Moment bewegte sich etwas hinter den Büschen Richtung Sakurada-Tor. Tsuneo rannte los. Dann wurde ihm klar, dass sich dort eine öffentliche Toilette befand. Jemand kam gerade heraus. Er war stehen geblieben und erschrak. Es war eine kleine Frau mittleren Alters in einem grauen Kittel. In ihrer Hand baumelte ein blauer Plastikeimer. Sie gehörte offensichtlich zum Reinigungspersonal im Park. Der Anblick ihres blassen Profils versetzte Tsuneo in neuerliche Aufregung. Instinktiv spürte er, dass sie es war. Ohne ihn zu bemerken, ging sie den schmalen Weg entlang, der nach Shinbashi führte. Hat sie nicht gesagt, sie sei sechsundzwanzig Jahre alt? Die Frau hier musste mindestens Mitte vierzig sein. Er verstand nun, warum sie zögerte, sich ihm zu zeigen. Von hinten strahlte ihre Gestalt große Einsamkeit aus. So war das also. So war sie in Wirklichkeit. Warum hatte sie ihm das nicht gestanden? Hatte sie geglaubt, er würde sie auslachen? Wahrscheinlich hätte er sich nicht in sie verliebt, aber er hätte gern Freundschaft mit ihr geschlossen. Er ging fünf oder sechs Meter hinter ihr. Sie trug eine verwaschene graue Hose und Stoffschuhe. Es stimmte ihn traurig, dass in dieser kleinen, friedlich aussehenden Frau ein so sinnlicher Sturm tobte. Jetzt glaubte er auch, die Woge von Traurigkeit verstehen zu können. Wenn sie es sich so sehr wünschte, wäre er bereit, auf ihre Begierden einzugehen.

»Du brauchst keine Angst zu haben«, sprach er sie an. Sie ging weiter, als hätte sie nichts gehört. Er überholte sie schnell und verstellte ihr den Weg. »Es wäre besser gewesen, du hättest mir von Anfang an die Wahrheit gesagt.«

Aus ihren Augen sprach Furcht.

»Du bist es doch, oder?« Tsuneo wurde plötzlich ein wenig unsicher. Er trat noch einen Schritt auf die Frau zu, die vor Angst zitternd zurückwich.

»Du bist es doch, oder …?« Er blickte ihr flehend in die Augen.

»Zu Hilfe!«, schrie die Frau. Entgegen jeder Erwartung klang ihre Stimme tief und rau. »Hilfe!« Sie schlug mit dem Eimer, den sie in der Hand hielt, nach Tsuneo und rief wieder mit heiserer Stimme »So helfen Sie doch, zu Hilfe!«

»Nein, nein!« Tsuneo wedelte abwehrend mit der Hand. »Ich wollte Sie nicht belästigen.«

Er vernahm eilige Schritte hinter sich, und als er sich umdrehen wollte, bekam er einen Schlag mit einem Bambusbesen.

»Das ist ein Missverständnis!«

Ein großer Mann stürzte sich auf ihn und trat ihm gegen das Schienbein. Tsuneo ging in die Knie. Dann spürte einen heftigen Schlag auf den Hinterkopf.

»Ich wollte die Dame nicht belästigen! Wirklich nicht«, wiederholte Tsuneo, aber der Mann ließ nicht locker. »Du Schuft, du mieser Schuft!« Der Mann prügelte ziellos auf ihn ein. Tsuneo wurde schwindelig und sank zu Boden.

»Steh auf!«, schrie der Mann. »Was fällt dir ein, du Schwein? Am helllichten Tag? Ich bring dich zur Polizei, los steh auf!«

Tsuneo wagte nicht zurückzuschlagen, um sich zu befreien. Der Mann sah nicht so aus, als würde er sich lange Erklärungen anhören.

»Hoch mit dir!«

»Ist ja schon gut …«

Tsuneo stützte sich auf alle viere und versuchte, die Benommenheit anzuschütteln.

»Meine Güte, hab ich mich erschreckt«, krächzte die Frau.

»Die Ecke da ist ein toter Winkel. Was für ein dreister Kerl!« Der Mann starrte wütend auf Tsuneo hinunter.

Plötzlich spurtete Tsuneo los. Er hörte noch, wie die beiden nach Luft schnappten.

Eine paar Sekunden später schrien sie: »Halt! Stehen bleiben!«

Tsuneo rannte. Ein paar Leute schauten ihm nach, aber er sprintete quer durch den Park zur Kreuzung Hibiya. Die Ampel wurde gerade grün, und er rannte weiter in Richtung Palastgraben.

17

Ich finde dich nicht mehr sympathisch. Diese ganze Ziererei, das ist doch einfach nur egoistisch. Du bist so sehr mit deinen eigenen Gefühlen beschäftigt, dass du dabei überhaupt nicht an mich denkst. Hörst du, was ich sage?«

Ja.

»Ich mache das nicht mehr mit. Ich wollte nett zu dir sein. Ich habe dir mein Herz geöffnet und dir Dinge erzählt, die ich noch niemandem erzählt habe. Und du, was hast du gemacht? Du hast dich mir weiter verschlossen. Du hast dein Versprechen gebrochen, dich mit mir zu treffen. Und dich sogar noch lustig über mich gemacht.«

Das ist nicht wahr.

»Wie würdest du das denn sonst nennen? War es wirklich nötig, dieses Spiel mit mir zu treiben?«

Das war …

»Wie man es auch dreht und wendet, dein Zögern ist kindisch, und dein Selbstmitleid geht mir auf die Nerven. Wo bist du jetzt? Ich stehe am Wadakura-Tor. Direkt am Palastgraben. Kommst du nun, oder kommst du nicht?«

Ich komme.

»Dann aber schnell. Ich habe keine Lust, mir hier noch länger die Beine in den Bauch zu stehen.«

Ich komme.

»Nun mach schon!«, schrie er sie innerlich an, wobei er in Richtung Hibiya blickte. Sie musste den Weg am Palastgraben entlangkommen, aber es war niemand zu sehen. Er starrte weiter in die Richtung und wartete darauf, dass sie erschien.

Auf der Straße herrschte starker Verkehr, aber auf dem Gehweg war kein Mensch. Wo blieb sie nur? Er hatte ihr doch gesagt, sie solle sofort kommen.

Selbst wenn in dem Wassergraben ein paar Schwäne schwammen oder das junge Laub der Alleebäume sich im Wind bewegte – Tsuneo war blind für seine Umgebung. Er konzentrierte sich allein auf den Weg. Gleich würde in der Ferne eine Gestalt sichtbar werden. Da! Eine Frau! Ob sie das war? Eilig kam sie auf ihn zu. Sie trug ein Kostüm und hatte eine Aktentasche bei sich. Er konnte ihr helles Gesicht erahnen. Wie es wohl aussah? Ihr Gang deutete allerdings eher darauf hin, dass sie geschäftlich unterwegs war. Vielleicht war sie es gar nicht? Wieso konnte er ihr Gesicht nicht erkennen? Die Frau kam rasch näher. Sie hatte ihm ihr blasses Gesicht zugewandt, das immer noch verschwommen war. Wie merkwürdig. Tsuneo rieb sich die Augen, aber als er noch einmal versuchte, die Frau anzuschauen, war da nur Dunkelheit. Was hatte sie mit ihm gemacht?

Ich bin direkt hinter dir.

Tsuneo drehte seinen Kopf, aber er konnte nichts sehen, konnte sich nicht mehr bewegen.

»Warum tust du das?«

Die Hand der Frau berührte seinen rechten Arm.

Hier bin ich.

»Aber ich kann dich nicht sehen.«

Aber ich bin da. Ich nehme jetzt deine Hand.

Die Frau ergriff seine linke Hand.

»Warum darf ich dich nicht sehen?«

Weil du es nicht ertragen könntest.

»Ich bin kein Kind mehr.«

Tsuneo schüttelte den Kopf, um die Dunkelheit zu verscheuchen.

Gestern Abend habe ich dir mein Herz geöffnet.

»Ich habe nichts gehört.«

Aber ich habe es getan.

»Da war dieser seltsame Wind, und ich fühlte etwas, das ich nicht begreifen konnte.«

Natürlich, denn für dich ist meine Welt unendlich weit fort.

»Was willst du damit sagen? Sprich so, dass ich es verstehe.«

Ich habe getan, was ich konnte, in meinem Herzen. Anders kann ich mich nicht verständlich machen.

»Mach nur weiter so mit deinem Egoismus.«

Du kannst dir nicht vorstellen, wie hässlich ich bin.

»Aber ich *will* dich doch sehen!«

Du, in deiner heiteren heilen Welt, hast nicht einmal eine Vorstellung davon, wie ich aussehe.

»Was für eine heile Welt? Was ist denn heil an mir und der Geschichte mit Eric?«

Mir kommt sie heil vor.

»Willst du mich beleidigen?«

Nein, ich beneide dich.

»Dann öffne mir die Augen. Bitte! Hallo? Ist da jemand?«

Hör auf damit, sonst gehe ich.

»Dann komm bloß nie wieder!«

Ich werde nie mehr versuchen, mit dir zu sprechen.

»Das will ich hoffen.«

Allerdings …

»Ich akzeptiere keine Einschränkungen.«

Gesteh mir zu, in einem halben Jahr noch ein einziges Mal mit dir zu sprechen.

»Lass mich in Ruhe! Du denkst doch sowieso nur an dich!«

Ohne dieses Versprechen verliere ich jede Kraft.

»Was hast du mit meinen Augen gemacht?«

Tsuneo schüttelte die Hand der Frau ab. Sie widersetzte sich nicht.

»Ich will wieder sehen! Du kannst doch jetzt nicht einfach verschwinden!«, schrie er die unsichtbare Frau an.

Es gibt eine ganze Welt, die du nicht sehen kannst.

»Hör auf mit deinen Belehrungen! Was genau soll ich denn nicht sehen können?«

Er rieb sich die Augen. Schüttelte den Kopf. Finsternis.

»Verdammt, wo bist du?«

Tsuneo breitete die Arme weit aus, um die Hand zu packen, die er gerade abgeschüttelt hatte.

Jemand fasste ihn am Arm. Sofort umklammerte Tsuneo den Arm, der nach ihm gegriffen hatte, und erkannte direkt vor sich das Gesicht eines jungen Polizeibeamten. Verblüfft schnappte er nach Luft.

»Was ist passiert?«, fragte der junge Mann ungerührt, während er seinen Arm aus Tsuneos Umklammerung befreite.

»Eben gerade«, sagte Tsuneo, »war hier doch noch eine Frau?«

»Sie ist davongelaufen …«

»In welche Richtung?«

»Was ist denn passiert?«

»In welche Richtung ist sie gerannt?«

»Da rüber.« Der Polizist nickte in Richtung Hauptbahnhof.

Tsuneo rannte sofort zu einem Überweg, aber die Ampel war rot. Er spähte suchend in die Ferne. Aber er sah niemanden, der in Frage kam. Vor Ungeduld stampfte er mit den Füßen.

Der junge Polizist folgte ihm.

»Was ist los mit Ihnen?«

»Sie haben sie gesehen, nicht wahr?«

»Ja …«

»Wie sah sie aus?«

»In welchem Verhältnis stehen Sie zu der Dame?«

»Ich habe Sie gefragt, wie sie aussah!«

»Ganz normal …«

»Ganz normal? Was ist denn das für eine Aussage? Sie sind doch Polizist!«

Der junge Beamte schien von Tsuneos Wut ein wenig eingeschüchtert. »Es ist grün«, sagte er schließlich.

»Normal sah sie aus, ich fasse es nicht! Was soll denn bitte normal heißen?«, murmelte Tsuneo und rannte schon auf den Bahnhof zu.

Er sah keine Frau, die in Frage kam. Was für eine Frau suchte er denn? Eine unglaublich hässliche, wie sie sich selbst beschrieben hatte? Für den Polizisten hatte sie normal ausgesehen. Immer musste sie übertreiben! Aber es gab sie, so viel stand fest. Der Polizist hatte sie gesehen. Also war sie keine Einbildung.

Die Frau erschien nie wieder.

18

In diesem Sommer regnete es viel.

Eines Abends, Anfang August, traf Tsuneo im Vergnügungsviertel Kabukicho in Shinjuku zufällig auf Yoshie. Es war ihre erste Begegnung seit der geplatzten Verlobung.

Auch an diesem Tag regnete es. Yoshie war gerade unterwegs zum Koma-Theater, als sie Tsuneo entdeckte, der ihr in einem grünen Polohemd und einem billigen weißen Plastikschirm in der Hand energisch ausschreitend entgegenkam. Sie überlegte, was sie tun sollte, und sprach ihn dann leise im Vorübergehen an, worauf sich Tsuneo sofort umwandte. »Hallo!«, rief er und setzte dazu ein etwas wehmütiges Gesicht auf.

»Du hast ein bisschen zugenommen, oder?«, fragte sie ihn.

»Kann eigentlich nicht sein, bei der ganzen Arbeit«, antwortete er und lachte. »Wie toll du dich zurechtgemacht hast!« In scherzhaft übertriebener Bewunderung trat er einen Schritt zurück, um ihren Kimono in Augenschein zu nehmen. Überrascht von dieser Reaktion überlegte Yoshie, ob er früher auch schon so gewesen war.

»Ich habe gehört, du bist wieder gesund«, sagte sie.

»Ja. Ich habe dir damals viel Kummer bereitet, was? Aber jetzt ist alles wieder im Lot.«

Um den Strom der Menschen nicht im Weg zu behindern, trat Tsuneo zur Seite. Da Yoshie noch etwas Zeit hatte, stellte sie sich neben ihn und fragte ihn nach seinen Plänen für den Abend.

»Ich komme leider nur dienstlich nach Kabuki-cho. Für mich ist das hier nicht gerade ein Vergnügen.« Er brach in lautes Gelächter aus.

»Hast du viel Arbeit?«

»Ja, es werden immer mehr koreanische und philippinische Bars eröffnet. Dafür gibt es einen kleinen Rückgang bei den Malaysiern und Indonesiern. Ein Termin jagt den nächsten. Und so geht das jeden Tag. Und du? Arbeitest du neuerdings hier in der Gegend?«

»Wofür hältst du mich! Ich bin auf dem Weg ins Koma-Theater.«

»Ein Konzert von Mori Shin'ichi?«

»Das weißt du noch?«

»Hast du deshalb extra den Kimono angezogen?«

»Nein, Mori Shin'ichi gibt heute gar kein Konzert. Ich gehe zu *Peter Pan*.«

»Ach so.«

»Mit meinem Verlobten.«

»Oh, du hast dich verlobt!«

»Nach unserer Trennung haben sich alle plötzlich so um mich bemüht, dass es am Ende ganz schnell ging.«

»Das freut mich.«

»Er wird von seinem Vater einen kleinen Sake-Laden in Sakura-shinmachi übernehmen.«

»Na, das ist natürlich um Längen besser als ein Beamter bei der Ausländerbehörde.«

»Er besitzt vier Mietshäuser. Also, ich meine, seine Eltern.«

»Toll! Dann kannst du ja von Glück reden, dass es mit uns beiden nicht geklappt hat.«

»Sag doch so was nicht. Das bedrückt mich.«

»Warum denn? Du bist so ein netter Mensch. Ich wünsche mir, dass du glücklich wirst.«

»Ach, das meinst du doch nicht ernst.«

»Doch, ich freue mich, dass wir uns noch mal begegnet sind und ich die gute Neuigkeit erfahren habe. Herzlichen Glückwunsch!«

Daraufhin verabschiedeten sie sich.

Er ist ein bisschen zu fröhlich, dachte Yoshie. Vielleicht will er sich den verletzten Stolz nicht anmerken lassen.

Trotz der Ereignisse arbeitete Tsuneo den ganzen Sommer über viel.

Einmal, als er gerade die Treppe im Amt hinaufstürmte, traf er mit Regierungsrat Saito zusammen, der ihm überrascht nachrief: »Du bist ja gut in Form!«

»Ja, alles wieder im Lot!«, gab Tsuneo zurück. Im nächsten Moment hörte man seine Schritte schon die Halle im zweiten Stock durchqueren.

Ende September jedoch, als Emoto ihn in seinem Wohnheim besuchte, war Tsuneo wieder völlig am Boden.

»Ich habe gehört, du bist seit einer Woche krankgeschrieben«, sagte Emoto und sah seinen im Bett liegenden Freund an.

»Ja.« Tsuneo lächelte schwach. Offenbar hatte er sich seit Längerem nicht rasiert.

»Erkrankungen des Gemüts verschlimmern sich angeblich, wenn die Jahreszeit wechselt. Du nimmst doch deine Medikamente?«

Emoto stellte zwei Schachteln Shumai – mit Teig umhüllte und in Dampf gegarte Fleischklößchen – auf dem kleinen japanischen Tisch ab und sah sich in dem unaufgeräumten Zimmer um. Tsuneo hatte ihn gebeten, vom Bahnhof in Yokohama etwas zu essen mitzubringen.

»Ich habe schon lange nicht mehr eingekauft.« Tsuneo stand auf und nahm zwei Dosen Bier aus dem Kühlschrank. »Mehr kann ich dir leider nicht anbieten.«

»Sollen wir irgendwo hingehen?«

»Ich hab keine Lust, mich umzuziehen.«

»Wenn du so anfängst, wirst du immer deprimierter.«

Sie aßen und tranken Bier dazu.

»Ist wieder etwas passiert? So was wie die Sache auf dem Friedhof?«, erkundigte sich Emoto.

»Nein, nichts dergleichen«, erwiderte Tsuneo niedergeschlagen.

»Aber das ist doch gut!«

»Ich weiß nicht, ob du das verstehen kannst.«

»Was denn?«

»Mir kommt alles so schal vor.«

»Schal?«

»Ich empfinde Leid, Freude und Trauer wie jeder andere auch, und doch kommen mir meine Gefühle einfach nur noch schal vor.«

»Ich glaube, ich weiß, was du meinst.«

»Stell dir vor, wir nehmen eine Philippinin fest. Wenn wir sie vernehmen, muss ich ständig daran denken, wie sehr sie sich um ihre Familie sorgen muss, wie sehr sie sich nach mehr Geld sehnt – ihre Gefühle sind so essentiell, so stark, so tief. Ich habe nichts, wofür ich so stark empfinde.«

»Aber irgendetwas muss es doch geben?«

»Oder diese Männer aus Bangladesch, die wir verhaften. Was die für ihr Land empfinden, in dem sie geboren sind, und für ihr armseliges Leben – es gibt einfach nichts in mir, was ihren Gefühlen auch nur im Entferntesten gleichkommt.«

»Das bildest du dir doch nur ein. Natürlich haben sie es schwer im Leben und kennen seine Schattenseiten besser als wir. Aber darüber denken sie doch nicht nach. Bestimmt gibt es viele unter ihnen, die nie wieder in ihre Heimat zurück möchten, und auch genügend unehrliche, gierige, niederträchtige Schmutzfinken. So anders als wir sind die auch nicht.«

»Ich finde etwas lustig und lache, gleichzeitig habe ich das Gefühl, es nicht wirklich lustig zu finden. Ich werde zornig, aber ich spüre, dass es kein echter Zorn ist. Ich esse etwas Gutes, aber es schmeckt mir nicht richtig, und obwohl ich traurig bin, bin ich nicht wirklich traurig ...«

»Und wie fühlt sich deiner Ansicht nach das Echte an?«

»Das weiß ich nicht.«

»Das beweist, dass du dir das alles nur einredest.«

»Aber die Gefühle einer anderen Person sind in mich eingedrungen.«

»Was redest du denn da?«

»Ihre Traurigkeit dringt in mich ein, also werde ich unendlich traurig. Dabei weiß ich nicht einmal, warum. Denn es ist nicht meine Trauer. Und doch bin ich tieftraurig. Dann entfernt sich das Gefühl wieder. Die Traurigkeit verlässt mich. Zurück bleibt nur mein eigenes Gefühl. Aber es erscheint mir nun so armselig, dass ich mich frage, ob ich überhaupt schon einmal richtig traurig gewesen bin. Du weißt, was ich auf dem Friedhof erlebt habe. Noch nie habe ich eine so intensive Lust empfunden.«

»Den Fleck in deiner Hose hast du dir auf jeden Fall selbst zuzuschreiben. Also hast du es auch selbst erlebt.«

»Aber das Gefühl gehörte jemand anderem.«

»Aber wie das denn?«

»Die Empfindungen einer anderen Person gingen durch mich hindurch.«

»Das glaubt dir keiner.«

»Es ist auch unglaublich. Aber so ist es. Ihre Gefühle sind so tief, dass ich ihren Grund nie erreichen kann – genau wie die Frau es gesagt hat.«

»Welche Frau?«

»Das ist nicht leicht zu erklären.«

»Es geht um eine Frau?«

»Ein intensives und tiefes Gefühl durchläuft mich. Es zieht durch mich hindurch und verschwindet. Zurück bleiben nur meine eigenen, wertlosen Gefühle.«

»Drück dich konkreter aus. Was ist wertlos an dir?«

»Nicht einmal das weiß ich, so wertlos bin ich.«

»Was redest du nur?«

»Ich habe Sinn für Gerechtigkeit und kann zugeben, wenn ich einen Fehler gemacht habe. Ich habe versucht, möglichst aufrichtig zu sein. Aber das ist alles nichts wert. Meine Güte, wenn wahre Gefühle durch dich hindurchgehen, bist du erledigt. Jetzt weiß ich, dass nichts von dem, was ich tue oder fühle, echt ist. Normal wollte ich sein und hab mich vor allem in Acht genommen, ich Idiot ...«

»Ich will einfach nicht glauben, dass du krank bist.«

»Aber vielleicht bin ich es.«

»Wenn du wertlos bist, dann bin ich es auch. So gesehen sind wir alle wertlos. Der Amtsleiter, der Chefinspektor und auch Regierungsrat Saito, alle. Die Menschen an sich. Da bist du keine Ausnahme.«

»Vielleicht bin ich wirklich krank.«

»Warum fasst du dir nicht ein Herz und nimmst dir ein paar Monate frei?«

»Dazu braucht man ein Attest, oder?«

»Das bekommst du bestimmt. Wenn du dem Arzt erzählst, was du mir eben erzählt hast, gibt er dir jedes Attest, selbst wenn du gar keins willst.«

»Du hältst mich also für verrückt?«

»Normal bist du jedenfalls nicht.«

»Und das soll ich ausnutzen und drei Monate frei nehmen?«

»Was ist das für eine Frau?«

»Welche Frau?«

»Das war dir vorhin so rausgerutscht.«

»Hm ...«

»Du hast doch nicht etwa Liebeskummer?«

»Es fühlt sich so ähnlich an.«

»Dich soll mal einer verstehen!«

Tsuneo wollte nicht mehr darüber reden, also hörte Emoto auf nachzubohren.

Am folgenden Tag wurde beschlossen, dass Tsuneo vorläufig einen Monat lang frei bekäme, um sich behandeln zu lassen.

Ende Oktober kehrte er auf seinen Posten zurück. Er schien nicht mehr so energiegeladen wie im Sommer, aber er widmete sich ganz der Arbeit. Als die Kollegen sich eines Abends nach einer Razzia in einer Yakitori-Kneipe in Kyobashi zu einem Umtrunk trafen, sagte Chefinspektor Honda, der neben Tsuneo saß, ihm ein paar aufmunternde Worte.

»Es gibt wohl niemanden, der nicht irgendwelchen Kummer hat. Wir müssen eben sehen, wie wir damit zurechtkommen. Jedenfalls bist du nicht allein.«

»Danke.« Tsuneo lächelte und schenkte Honda Sake nach. »Ich bin wirklich nicht der Einzige.«

»Wir haben uns die ganze Zeit ziemliche Sorgen um dich gemacht. Jetzt sind wir froh, dass du wieder gesund bist. Was sagt ihr, Männer?« Die letzte Bemerkung hatte Honda laut in die Runde gerufen. Die Kollegen fielen ein: »Klar, auf alle Fälle«, »Mann, wir sind wirklich froh!« »Hauptsache, du bist wieder bei uns!« Anschließend gingen sie noch in eine Karaoke-Bar, wo sie bis nach drei Uhr morgens sangen.

Am nächsten Tag sprach Honda im Büro des Amtsleiters vor und erzählte ihm, wie gefühlvoll und einträchtig die Stimmung gewesen war.

Kamihara lächelte zufrieden und nickte. »Freut mich. Wissen Sie, unsere Männer sind im Grunde ihres Herzens gute Kerle.«

»Ja«, pflichtete Honda ihm bei. »Alles gute Kerle.«

19

Anfang November nahm Tsuneo sich einen Tag frei.

Er blieb zu Hause und wartete auf die Stimme der Frau.

Ein halbes Jahr war vergangen. Der Tag, an dem sie noch einmal mit ihm sprechen wollte, war gekommen, und Tsuneo nahm an, dass sie das mit dem »halben Jahr« nicht nur ungefähr gemeint hatte. Er hatte ihr zwar nichts versprochen, auch konnten sich ihre Gefühle in der Zwischenzeit geändert haben, aber da sie sich kein einziges Mal gemeldet hatte, sehnte vielleicht auch sie den Termin ungeduldig herbei.

Etwa vier Monate nach ihrer letzten Begegnung hatte Tsuneo überlegt, ob er sie von sich aus rufen sollte. Vielleicht hatte er ihr Zögern damals völlig zu Unrecht als Koketterie oder Selbstsucht abgetan, sicher hatte es viel tiefere Wurzeln. Ein Frau, die so einsam war, dass sie ihre Stimme unter Überschreitung aller physikalischen Gesetze einem anderen Menschen übermittelte, wäre doch sicher nicht auf Flirten ausgewesen.

Andererseits hätte er es unwürdig gefunden, jetzt, wo er Schuldgefühle hatte, nach ihr zu rufen. Warum hielt sie sich nur für so unerträglich hässlich? Aber er wusste auch: Wenn ihr Wunsch, nicht gesehen zu werden, so stark war, dass Tsuneo in ihrer Gegenwart erblindete, dann durfte er nicht leichtfertig aus bloßer Rührseligkeit in ihre Welt einbrechen.

Also wartete er das halbe Jahr ab und wünschte, sie würde zurückkehren. Konnte jemand wirklich so hässlich sein, dass man seinen Anblick nicht ertrug? Das konnte er sich einfach nicht vorstellen. Aber genauso wenig konnte er sich vorstellen, wie ihre Einsamkeit beschaffen war. Vielleicht hatte er wirklich keine Ahnung von den Abgründen der menschlichen Seele.

Er sehnte sich danach, ihre Einsamkeit und Hässlichkeit am eigenen Leib zu spüren. Wenn sie tatsächlich seine Vorstellungskraft übertrafen, dann gab es bestimmt noch andere Dinge, die er nicht zu ermessen vermochte. Dann gab es vielleicht auch unvorstellbare Schönheit und unvorstellbares Glück.

Einem Menschen mit solchen Erfahrungen mussten seine Reue und sein Kummer über Eric banal und unverständlich erscheinen.

Er wollte sie treffen

Schon im Morgengrauen erwachte er. Es wurde Mittag, ohne dass er die Stimme hörte. Emotos Bemerkung über Liebeskummer fiel ihm wieder ein, aber er konnte sich nicht einmal ein bitteres Lächeln abringen. Er hielt den Atem an und wartete.

Irgendwann bekam er Hunger.

Kurz nach zwei Uhr aß er etwas Brot und trank Kaffee. Er konnte nicht still sitzen, und als er gerade seine Tasse spülte, hörte er es.

Guten Tag. Es klang, als stünde die Frau direkt hinter ihm.

Tsuneo hob den Kopf.

»Endlich …«, sagte er und drehte den Wasserhahn zu. »Ich habe auf dich gewartet.«

Er wusste, dass sie nicht hinter ihm stehen würde, aber er drehte sich dennoch langsam um. Es war niemand da.

Meine Stimme hat dich mühelos erreicht, sagte sie ruhig.

»Im letzten halben Jahr ging es in meinem Inneren drunter und drüber, und jetzt tut es mir leid, dass ich so wütend auf dich war. Entschuldige.«

Es war meine Schuld.

»Ich möchte, dass du dich mit mir triffst. Du hast gesagt, ich könnte deinen Anblick nicht ertragen. Aber ich bin ein erwachsener Mann. Ich kann mir nicht vorstellen, dass es so ist. Oder vielleicht doch? Wenn ja, dann beweise es mir. Wenn mir etwas zustoßen sollte, ist es meine eigene Schuld. Ich muss dich kennenlernen.«

Heute ist das letzte Mal, dass ich mir dir spreche.

»Nein, bitte, du kannst mich immer ansprechen.«

Ich zerstöre dich.

»Das tust du nicht.«

Kannst du dich verlieben? Kannst du heiraten? Wenn du immer meine Stimme hörst?

»Das ist mir egal.«

Du wirst anfangen, die Frau zu hassen, die nichts als eine Stimme ist.

»Eben deshalb möchte ich dich ja sehen.«

Diese Stimme ist meine Hässlichkeit, sie ist meine Selbstsucht.

»Wovor fürchtest du dich?«

Also gut, aber nur ein einziges Mal.

»Einmal genügt.«

Nur heute.

»Du wirst dich also mit mir treffen?«

Und danach werde ich für immer verschwinden.

»Aber warum?«

Seit etwa zwei Monaten denke ich darüber nach. Wir treffen uns einmal, dann verschwinde ich aus deinem Leben.

»Aber erst einmal treffen wir uns.«

Um vier Uhr.

»Heute um vier. Gut.«

Geh zur U-Bahn-Station Gaien-mae.

»Ich mache mich sofort auf den Weg.«

Dann gehst du die Aoyama-Allee in Richtung der Gemäldegalerie.

»Die große Allee mit den Ginkgobäumen und den breiten Gehsteigen, nicht wahr?«

Geh auf der linken Seite.

»Links in Richtung der Gemäldegalerie, ja?«

Vielleicht findest du diesen Treffpunkt zu gewählt …

»Aber nein, bestimmt sind die Ginkgoblätter nun gelb, und alles sieht sehr hübsch aus.«

Es gefällt mir dort, und außerdem liegt es günstig.

»Dann sehen wir uns dort.«

Sobald du dort bist, spreche ich dich an.

»Danke.«

Ganz sachte schwand das Gefühl ihrer Gegenwart.

Tsuneo machte sich bereit.

Er konnte nicht behaupten, dass er keine Angst verspürte. Würde er zurückschrecken und im letzten Moment davonlaufen? Und sie damit wieder verletzen? Er war entsetzlich aufgeregt. Immerhin sollte er nun endlich dem Unvorstellbaren gegenübertreten. Noch immer konnte er nicht glauben, dass es in seiner Welt etwas geben sollte, das seine Vorstellungskraft sprengte. Er wusste, dass man in Japan Gefühle wie Angst, Egoismus, Gleichgültigkeit, Mordlust und Wahnsinn nicht in dem gleichen Maß empfand wie vielleicht ein amerikanischer GI auf den Schlachtfeldern in Vietnam. Doch wenn es stimmte, was die Frau sagte, dann lebten inmitten der harmlosen Geschäftigkeit Tokios unsagbar einsame, traurige und hässliche Menschen.

Er fuhr bis Shimbashi und stieg in die U-Bahn der Ginza-Linie um.

Was würde wohl ein Frontsoldat, der in Vietnam gewesen war, zu der Geschichte mit Eric sagen? Mehr als ein müdes Lächeln würde sie ihm wohl nicht entlocken. An einem Ort, an dem extreme Gewalt herrschte, wo der Boden mit Leichen übersät war, erschien eine solche Geschichte kaum erwähnenswert.

So musste es auch der Frau mit der Stimme ergangen sein. Im Vergleich zu ihrer Wirklichkeit waren Tsuneos Geständnisse doch einfach nur banal.

Aber wie sah ihre Realität dann wohl aus? Wie grausam musste sie sein? War es möglich, dass er nur auf der Suche nach einer anderen, schlimmeren Wirklichkeit war? Um Eric zu vergessen?

Nein, das war es nicht, das konnte nicht alles sein. Er wollte von der Intensität ihrer Gefühle überwältigt werden und ihre unvorstellbare Gegenwart erfahren. Weil er die Leere und Sinnlosigkeit um sich herum nicht mehr ertrug.

Er stieg an der Station Gaien-mae aus, der klare Himmel färbte sich bereits dunkler.

In der Allee, die auf die Gemäldegalerie zuführte, raschelten die Blätter der Ginkgobäume und leuchteten prächtig in den schrägen Strahlen der Abendsonne. Es waren so wenige Menschen unterwegs, dass eine wartende Frau ihm sofort aufgefallen wäre. Es war noch etwas zu früh. Er würde noch ein bisschen hin- und herlaufen. Langsam ging er auf der linken Straßenseite, so wie sie es ihm gesagt hatte, in Richtung der Galerie.

Ein beleibter Europäer kam ihm joggend entgegen. Als Tsuneo ein Fahrrad hinter sich hörte, wandte er sich um. Auf dem Rad saß eine salopp gekleidete ältere Frau, ein Schäferhund rannte neben ihr her. Rasch entfernten sich die beiden. Schnaufend lief der Jogger an ihm vorbei. In der Ferne erspähte Tsuneo eine alte Frau, die mühsam einen Fuß vor den anderen setze.

»Das bist du doch nicht, oder?«, dachte er.

Nein, sagte die Stimme.

Er drehte sich um, aber es war niemand da.

Danke, dass du gekommen bist.

»Ich bin zu früh.«

Das habe ich erwartet. Ich bin auch etwas früher gekommen.

»Aber ich sehe nicht, wer du sein könntest.«

Bleib stehen!

»In Ordnung.«

Wir müssen zählen.

»Was denn?«

Die Ginkgobäume.

»Warum?«

Es ist der fünfte Baum in Richtung der Galerie.

Ihr nüchterner Ton enttäuschte ihn ein wenig.

»Darf ich weitergehen?«

Ja.

Den Blick fest auf den fünften Baum gerichtet, lief er langsam darauf zu. Der erste, der zweite. Mit jedem Baum fiel ihm das Atmen schwerer. Er versuchte, innerlich zu lächeln.

»Wirst du erst hervorkommen, wenn ich dort bin?«

Mir fehlt der Mut.

»Ich habe auch weiche Knie. Du hast unsere Begegnung so hinausgezögert, dass ich mich jetzt wie erstarrt fühle. Oh, jetzt habe ich dich gesehen. Du hast dich bewegt, ja? Da war etwas Dunkelblaues, oder? Dein Pullover?«

Nein, meine Strickjacke. Burgunderfarben. Wie mein Rock. Und eine weiße Bluse.

»Eine weiße Bluse …« Tsuneo blieb stehen.

Es sah aus, als starre die Frau die Baumrinde an. Dann wandte sie ihm ihr blasses Gesicht zu.

Er stand drei bis vier Meter von ihr entfernt und hielt den Atem an. Sie war wunderschön und schien kaum zwanzig Jahre alt zu sein.

Tsuneo entfuhr ein Seufzer. Er nickte.

»Hallo«, sagte sie. Sie trug einen schlichten Kurzhaarschnitt und kaum Make-up. Ihre blassrosa Lippen waren leicht geöffnet.

»Hallo«, erwiderte Tsuneo. Er konnte sich kaum bewegen. Die Augen der Frau waren nicht direkt auf ihn gerichtet, sondern blickten ein wenig an ihm vorbei.

»Herr Kasama?«

»Ja …«

Er merkte gleich, dass die Augen des Mädchens blickleer waren. Sie war es nicht.

»Du spielst schon wieder dein Spiel mit mir!«, schrie es in seinem Herzen. »Das bist nicht du. Dieses Mädchen ist blind, nicht wahr? Seit unserer Begegnung im Hibiya-Park weiß ich, dass du sehen kannst. Warum tust du mir das an? Das Mädchen ist höchstens siebzehn oder achtzehn Jahre alt!«

»Soll ich irgendetwas tun?«, fragte das Mädchen.

Tsuneo holte tief Luft, um ruhiger zu klingen.

»Entschuldigen Sie«, sagte er mit bebender Stimme. »Würden Sie einen Moment warten?«

»Ja, sicher.« Das Mädchen nickte. Sie sah aus, als versuche sie, sich an etwas zu erinnern.

Sie ist sehr hübsch, oder?, sagte die Stimme.

»Ja, aber wohin soll das hier führen?«

Stell dir vor, sie wäre ich.

»Das kann ich nicht.«

Ich möchte, dass du ihr Bild heraufbeschwörst, wenn du dich an meine Stimme erinnerst.

»Was willst du damit bezwecken?«

Dass ich in deinen Gedanken schön bin.

»Was für ein Blödsinn!«

Anders kannst du dich gar nicht an meine Gestalt erinnern. Denn du hast nur dieses Mädchen gesehen.

»Wo bist du?«

Such nicht nach mir. Schau nur das Mädchen an. Ich kann Abschied nehmen, wenn ich weiß, dass ich dir als dieses schöne Mädchen in Erinnerung bleibe. Dann brauche ich dich nicht mehr zu rufen.

»Warum tust du etwas so Trauriges?«

Weil ich dich liebe.

»Hör auf, mir zu schmeicheln. Das passt nicht zu dir.«

Das ist keine Schmeichelei.

»Du willst mir als junges Mädchen im Gedächtnis bleiben? Das ist doch sentimental.«

Leb wohl!

»Nein, ich will dich sehen. Ich will dich kennenlernen.«

Es kam keine Antwort.

»Wo bist du?« Tsuneo blickte wild um sich.

Nur das Mädchen stand da, ohne sich zu bewegen.

»Wo bist du?« Am liebsten hätte er es laut herausgeschrien, aber er wollte das Mädchen nicht erschrecken.

»Ich will dich sehen. Ich will dich unbedingt sehen!«, schrie es in ihm, während sein Blick verzweifelt die andere Straßenseite absuchte.

»Wo bist du?«

Er sah zu den Ginkgobäumen hinauf, wirbelte herum und starrte auf die Autos, die auf der Aoyama-Allee vorüberfuhren.

»Antworte! Wo bist du?«

Keine Antwort. Tsuneo lauschte.

Vor lauter Aufregung konnte er nicht spüren, ob sie da war oder nicht. Eine Weile stand er wie versteinert da.

»Ist etwas passiert?«, fragte das Mädchen und legte den Kopf schief.

»Nein, nichts.«

Tsuneo schüttelte den Kopf und versuchte zu lächeln, aber es gelang ihm nicht.

»Also dann, ja …«

Das Mädchen blieb an derselben Stelle stehen, als hätte jemand ihm gesagt, es solle sich nicht vom Fleck rühren.

»Warum sind Sie überhaupt hier?« Tsuneo hielt etwas Abstand, um sie nicht zu erschrecken.

»Jemand hat mich darum gebeten«, antwortete das Mädchen.

»Wer?«

»Eine Frau. Vor etwa einem Monat, als ich gerade einen Spaziergang machte.«

»Was hat sie gesagt?«

»Ich solle heute hierherkommen und etwa eine Viertelstunde warten. Dafür würde sie mir zehntausend Yen geben. Und sobald ein Herr Kasama käme, solle ich ihn begrüßen.«

»Fanden Sie diese Bitte nicht seltsam?«

»Doch. Aber sie hat immer wieder betont, es sei nicht gefährlich. Außerdem war es ja am Tag, und ich habe mich gefreut, dass ich mir etwas verdienen kann.«

»Wie war diese Frau?«

»Sie wissen, dass ich nicht sehen kann?«

»Welchen Eindruck hatten Sie?«

»Ich fand sie nett. Ihre Stimme klang ehrlich.«

»Ich verstehe.«

»Darf ich jetzt gehen?«

»Ja, natürlich. Soll ich Sie begleiten?«

»Das geht schon. Ich kenne mich hier gut aus. Ich wohne ganz in der Nähe.«

»Haben Sie das Geld bekommen?«

»Ja, im Voraus.« Das Mädchen lachte ein bisschen, ohne dass sich seine Augen bewegten. Dann machte es sich auf den Weg. Fasziniert von ihren Bewegungen sah Tsuneo ihr nach.

»Auf Wiedersehen«, rief sie ihm zu.

»Auf Wiedersehen.«

Er beobachtete, wie das Mädchen davonging. Sie hatte keinen Blindenstock, und ihre Füße waren ganz leicht nach außen gerichtet. Wer es nicht wusste, hätte nie vermutet, dass sie blind war. Die Frau mit der Stimme hatte Recht. Sooft er an sie denken würde, würde er sich an das hübsche Mädchen erinnern.

Tsuneo blickte der Kleinen nach, bis sie fast verschwunden war. Ein Gefühl von Verlassenheit überkam ihn.

»Wo bist du?«, fragte er ein letztes Mal. Er wartete eine Weile, aber es kam keine Antwort.

Ein bezauberndes, witziges Lesevergnügen für alle, die sich so alt fühlen, wie sie sind!

288 Seiten
ISBN 978-3-442-46868-3

»Ein hinreißendes Buch! Es ist ungeheuer bezaubernd, macht richtig gute Laune, und ich würde es absolut jedem empfehlen!«
Marian Keyes

GOLDMANN

Überall, wo es Bücher gibt und unter www.goldmann-verlag.de